高遠動物病院へようこそ！3

谷崎 泉

富士見L文庫

もくじ

Takatoh Doubutsu Byouin e Youkoso!3

一話

夏は暑いものだけど、平均気温が世界的に上昇してるっていうニュースにも頷《うなず》けるくらいの酷暑だった八月が終わり、九月になってようやく気温が落ち着いて来た。

その半ば過ぎ。台風の襲来にひやひやしながら沖縄へ行っていた三芳《みよし》さんが帰って来た。

「日和《ひより》～安藤《あんどう》さん～おはよう～！　ごめんね、迷惑かけて」

「おはよう。迷惑なんて全然だよ。わ、やけたね？」

「やっぱ？　日焼け止め塗ってたんだけどな～」

三芳さんが高遠動物病院《たかとおどうぶつびょういん》のスタッフとして加入してから三ヶ月近くが経ち、同じ歳であるのも手伝って、私たちの距離は随分縮まった。相変わらず、私は三芳さんを名前では呼んでないけど、敬語はすっかり抜けた。

その三芳さんは、旦那《だんな》さんが連休を利用した夏休みを取ったということで、娘の茉衣愛《まいあ》ちゃんも一緒に家族旅行で沖縄へ出かけた。初めての沖縄を満喫出来たみたいで、三芳さんは嬉《うれ》しそうに旅行の話をしてくれる。

「沖縄、楽しかった～。ホテルの前がビーチだったから、毎日泳いでた。茉衣愛もめっちゃご機嫌だったし、ご飯も美味《おい》しかったよ。これ、お土産」

「ありがとう。…ちんすこうだ。これ、美味しいよね」

「日和、沖縄行ったことあるの？」

「ううん。前にお土産で貰《もら》ったことあって…あ、可愛い」

三芳さんがくれた袋の中には沖縄名物のちんすこうだけじゃなくて、小さなシーサーの置物も入ってた。掌《てのひら》に載せられるくらいの大きさのシーサーは、デフォルメされた、愛らしいものだ。

「可愛いよね。シーサーっていうんだって。守り神的な？」

「うん。向こうでは屋根とかに置くんでしょ？」

「そうそう。神社にあるじゃん。あんな感じ？」

それは狛犬《こまいぬ》だからちょっと違うんじゃない？　でも似てるよね？　そんな話をしていると、高遠先生が診察室から出て来た。

「安藤さん……お、仲本《なかもと》。やけたな？」

「マジで？　人間はどうでもいい先生にまでわかるほどってやばくない？」

「どういう意味だ。安藤さん、これ、郵便で出しておいてくれ」

「分かりました。あ、先生。さっき看板屋さんから電話があって、明後日《あさって》、作業に来るそうです」

「とうとう？」

私が先生に話した内容を聞き、三芳さんはぱっと表情を輝かせる。私としても待望していたので、小さくガッツポーズを返した。

高遠動物病院に関わる全ての人…と言っても過言ではないだろう…がずっと気にしていた問題が、明後日、ようやく解決される。そう。例の「鈴木《すずき》履《は》き物店《ものてん》」という看板を外し、付け替えることになったのだ。

開院当初、予算の都合で手が着けられず、以前営まれていた店の「鈴木履き物店」という看板がかかったままだった。ずっと「看板に偽りあり」の状態だったけれど、新しく高遠動物病院という看板が掲げられれば、商店街を通りかかる人にもっと認知して貰えて、患者さんも増えるかもしれない。

そんな期待を抱く私と三芳さんがよかったよかったと喜ぶ横で、先生は興味なさそうに安藤さんを愛《め》でる。

「よし、安藤さん。暇だから遊ぶか」

「暇じゃ困るんですよ…。先生…」

「そうですよ。あ、そうだ。これ、先生にお土産です」

私にくれたのと同じビニル袋に入ったお土産を、三芳さんは先生に渡す。袋の形から中身は違ってそうだなと思った通り、受け取った先生が取り出したのは、Tシャツだった。

「…お。ありがとう。助かる」

嬉しそうにお礼を言って、先生はTシャツを広げる。ゴーヤとビーサンがデザインされた沖縄っぽいTシャツは先生に似合いそうだったけど、はっと気付いたことがあって、

「まさか」と呟《つぶや》いてしまった。

「先生がいつもご当地ものっぽいTシャツを着てるのって…」

こうやって色んな人からお土産にTシャツを貰ってるからなんじゃないだろうか…。先生はいつも医療着姿だけど、洗濯してしまって着替えがない時はTシャツに白衣姿で診察してることがある。

そのTシャツがいつも「大阪LOVE」だの「栃木上等」だの「鳥取砂星人」だのといった、いわゆるお土産屋さんで売ってるようなベタなデザインであるので、どういう趣味なんだろうと首を捻《ひね》ってたんだけど…。

なんだか、今、その理由が分かった気がする。動物にしか興味がない先生が衣服に興味なんてあるはずがないのだ。先生のワードローブはたぶん…。

「高遠先生へのお土産はTシャツって決まってたんだよね。井関《いぜき》の頃」

「…変なTシャツばっかり着てるなって思ってたら…そういうことだったんだ…」

「ゴーヤとビーサンはいいでしょ？　おかしくないよね？」

「う、うん。これは可愛いよ」

「そうか？　沖縄とか書いてあった方が分かりやすくないか？」

「分かりやすくていいことが？」

何かあるのかと眉《まゆ》を顰《ひそ》めて聞く私に、先生は答えられずに「なあ、安藤さん」と犬に逃げる。困った顔で私を見て来る安藤さんに、心の中で詫《わ》びつつ、三芳さんに旅行の話を続けて聞いた。

「そういえば、茉衣愛ちゃん飛行機どうだった？　初めて乗ったんだよね」

「そうそう。心配してたんだけど超ご機嫌で助かった〜。私の方が怖くて。飛行機って人生で三回くらいしか乗ったことなくて…日和は？」

「私も数えられるくらいしかないよ」

最後に乗ったのっていつだっけ…と思い出してみたけど、すぐに記憶が出て来ない。それくらい昔…たぶん、社会人になってからはずっと忙しくて旅行を計画するような余裕が持てず、乗ってないかも。

なんか寂しいな…私。思わず悲しくなって、先生に話を振ってみる。

「先生は…飛行機って乗ったことありますか？」

私以上に忙しい生活を送って来たに違いない先生は、旅行なんてしてる暇はなかっただろう。もしかしたら、飛行機も乗ったことないのかも…と思ったりしたんだけど。

「あるぞ。何回も」

「意外です。旅行に行く暇が？」

「いや。大学が北海道だったからな」

「…！」

そうなんだ。自分が東京の大学だったから、地方っていうのを考えてなかった。北海道ならやっぱり飛行機での移動になるよね。そうだったんですねと頷く私に、三芳さんが井関で働いていた頃も先生は北海道に行っていたという話をした。

「日帰りしてて、皆、呆《あき》れてましたよね？」

「あれは…向こうで学会があって、恩師に呼ばれて仕方なくな」

「北海道に日帰りって」

羽田《はねだ》から千歳《ちとせ》まで一時間ちょっとだと聞くし、出来ないことはないんだろうけど。もったいないって思ってしまう。

「私、北海道行ったことないんで羨《うらや》ましいですけど」

「だよね。私も行ったことない」

「寒いぞ」

仏頂面で言う先生に、三芳さんと一緒に肩を竦《すく》めたところで、患者さんが入って来た。

先生にはさっさと診察室へ戻って貰い、三芳さんは着替えに行き、私は飼い主さんから診察券を預かる。飛行機も旅行も、心の余裕も大事だけど、先立つものがないと行けないのだ。それにはまず働かなくては。

そして、働くには患者さんが必要だ。患者さんには色々事情があるので、たくさん来てくれることを願うのって、本当は不謹慎なのかもしれない。でも、借金を抱えて開業した側にとっては、患者さんが少ないと非常に困る。

週末を控えた金曜日。事前の連絡通りにやって来た業者さんによって、「鈴木履き物店」の看板が下ろされ、「高遠動物病院」というものに掛け替えられた。どういうデザインにするかは先生が私に任せてくれたので（高遠先生だったら業者さんに丸投げしていたに違いない…）診察券に使ったロゴや犬猫のイラストを配置した図案を提案し、ほぼそのまま作って貰った。

作業が終わったので確認して欲しいと言われ、先生と三芳さんを呼んで、皆で外へ出て看板を見上げる。

「格好いい！　日和、心配してたけどいい感じじゃん」

「本当？　無事に出来てよかったよ～。どうですか？　先生」

「ああ。いいよな？　安藤さん」

一緒に連れて出て来た安藤さんに話しかける先生は、すごく喜んでいるという感じではなかったけど、満足してくれているようではあってほっとする。業者さんに礼を言うと、患者さんを待たせている先生と三芳さんは院内へ戻って行った。

私は業者さんと支払いについての打ち合わせをしてから、取り外した看板を載せたトラックが去って行くのを見送った。一仕事終わった気分で、もう一度看板を仰ぎ見る。今まで小さなプレートしかなかったけど、これで「高遠動物病院」がここにあるって、分かって貰えるだろう。

次なる野望は…あの診察時間の貼り紙をまともなものに替えることだな…。醍醐《だいご》さんのお兄さんに予算を申請しておこう…と考えながら院内へ戻ろうとした時だ。

「…？」

何だか見られているような気がして振り返る。患者さんかと思ったけど誰もおらず、不思議に思って辺りを見回すと。

「……」

少し離れた先にある街灯に隠れるようにして、男の人が立っていた。アロハシャツに短パン、サングラスにカンカン帽。伸ばした顎髭《あごひげ》は白くて、年配なのが分かる。

街灯の陰から様子を窺《うかが》っている姿が怪しくて、思わずじっと見返す。たとえば、犬を連れていたり、キャリーバッグを持っていたりしたなら、うちへ来ようとして迷ったりしてるのだろうかとも思えたが、その人は手ぶらのようだった。

その上。

「…あ」

私に気付かれたと分かるや否や、その人はさっと身を翻して逃げ出した。慌てて走り去って行く後ろ姿を眺め、首を傾げる。何だろう…。ここは本当に動物病院なのかと確認されたことはあるけど、立派な看板がかかったばかりだから、その疑問はないはずだ。だとしたら…診察を受けようかどうしようか悩んでる？　それにしたって、声をかけて貰えたら答えられるけれど、逃げられてしまっては対応のしようがない。また見かけたらこっちから声をかけてみようと考えながら、中へ入る。

すると。

「…あ、ごめんなさい。終わりましたか？」

「ええ。ありがとう」

診察を終えて出ようとしていた患者さんにぶつかりそうになり、謝って道を譲る。ドアを大きく開ける私に、愛犬の為に定期的に通院している山野《やまの》さんは、にっこり笑って頭を下げた。

山野さんは茜銀座商店街《あかねぎんざしょうてんがい》から歩いて十分ほどのところに住んでいて、ミルちゃんというロングコートのチワワを飼っている。年齢は六十歳くらい。お子さんはもう独立され、旦《だん》那《な》さんとの二人暮らしだそうで、ご夫妻にとって大切なかすがいである十二歳のミルちゃんは、暑かった夏の盛りの頃、体調を崩して受診した。

その時に急性膵炎《すいえん》だと診断され、三日ほど入院となった際、私は山野さんともミルちゃんとも親しくなった。

「ミルちゃん、頑張ったね」

山野さんが持っているキャリーバッグを覗《のぞ》き込み、ミルちゃんに挨拶《あいさつ》する。私だって分かるのか、嬉《うれ》しそうに尻尾《しっぽ》を振ってくれている様子は、元気そうなのだけど。

「検査、どうでしたか？」

「それが…余り値がよくないみたいなのよ。ミルも歳なのかしら」

「今年は暑かったですしね。ミルちゃんも疲れてるのかも」

エアコンがあるとは言え、人間でも今年の暑さには参ってしまった。ミルちゃんみたいに小さな身体なら余計だろう。気をつけてお帰り下さいと山野さんを見送り、再度、中へ入ると受付に三芳さんがいた。

「日和。これ、ミルちゃんの検査結果。カルテも、置いとくよ」

「了解。ミルちゃん、よくないの？」

今、山野さんから聞いたのだとつけ加えると、三芳さんは「うーん」と困ったように首を捻る。

「退院した時はよかったんだけど。食事の管理が重要だからって、先生も指導してるんだけどね」

そうなんだ…。高遠動物病院で働き始めるまで、有り難いことに、私は病気とか病院にはほぼ無縁だった。身体の組織だって、ごく一般的な知識しかなくて。膵臓《すいぞう》っていうのもはっきり何処に位置しているのかも分かっておらず、糖尿病に関係してるところ？ってくらいの認識だった。

しかし。それじゃいけないのだと反省し、勉強をしている。患者さんから質問されたり、こちらから症状について尋ねたりすることもあるから、そういう時に知識がないと相手に不安を与えてしまう。受付に入って、三芳さんが持って来ていたミルちゃんの検査結果に、ずらりと並んだ項目と数値を確認した。

「ええと…このＡＭＹっていうのがアミラーゼだっけ。ＬＩＰがリパーゼで、この二つが高いとよくないんだよね」

「なんだけど、それだけでは膵臓以外のところが悪いかもしれないからさ」

「そっか…」

検査の数値はあくまで目安で、そこから様々な病気の可能性を考えなきゃいけないってのが大変だ。つくづく、先生って偉いなって思う。

のだけど…。

「おーい、安藤さーん」

先生が呼んでいる声が聞こえ、診察室へ向かいかけると、その姿は廊下の先にあった。先生が寝起きしている小部屋のドアが開いていて、そこから顔を出してパンがないと訴える。

「食べかけのあんパンがあったはずなんだが…。徳用の袋で、あと三個残ってて…」

「捨てました」

「なんで⁉」

「消費期限が五日前に切れていたからです！」

信じられないって顔をしたいのはこっちの方だと思って言い返す。先生は仏頂面の強面《こわもて》で、声も大きいし、迫力があるのは確かだけど、もう怖くはない。負けじと声を張って言い返す私に、先生はまだ食べられたはずだと反論する。

「もったいないだろ」

「こんな夏場に部屋に置きっぱなしで、消費期限が五日も過ぎたパンなんて、お腹壊したらどうするんですか」

「俺は腹を壊すタイプじゃない」

「タイプとかって問題じゃありません」

そもそも医者なのにタイプって…なんなの。呆れて肩を竦《すく》めた後、悔しそうに「俺のあんパン…」とか呟《つぶや》いてる先生に膵炎についての質問を向けた。

「先生。急性膵炎って、アミラーゼとリパーゼの値だけじゃ診断出来ないんですか？」

「あ？　難しいだろうな。スクリーニング検査としては有用だろうが…それより、cPLIで…イヌ膵《すい》特異的リパーゼっていうのを調べるのが早い。それと並行してX線とエコーで他の疾患の可能性を潰《つぶ》していって…どっちにしても膵炎の場合、重症度を診断して早期に適切な治療を行うことが重要だ。でないと生死に関わる」

あんパンを捨てられたと不満げだった顔が消え、すらすら説明してくれる先生は、やっぱりちゃんとした先生で、感心してしまう。なるほど…と頷《うなず》き、ミルちゃんの状態はどうなのかと聞いた。

「症状的には悪くないみたいだが、検査の数値はよくないから安心しないでくれって言ってある。俺は信用してないんだ。ミルちゃんの飼い主を」

「山野さんですか？　いい人ですよ？」

「絶対、何か…おやつ的なものをあげてる」

きっぱり断言する先生の顔は厳しく、確信しているようだった。膵炎では食事の管理が大切で、ミルちゃんも入院中は絶食して輸液のみで安静にしていたし、退院後は専門の療法食を食べているはずなんだけど。

「でも…山野さんもよくないって分かってるでしょうから…」

「でないと、あの数値はおかしいんだ。それとも俺が他の所見を見落としてるのか…」

ううむ…と腕組みをして考え込んだ先生は、はっとしたような顔付きになって診察室へ走って行く。とにかく患者さんのことになると、先生は周囲が見えなくなる。あんパンのこともすっかり忘れた様子なのは、捨てた犯人である私には都合がいい。

先生が開けっ放しにしたドアを閉め、私も受付へ戻りながら、ミルちゃんが早くよくなるといいなと願っていた。


念願の看板がかけられたその日。病院の様子を窺っているようだった男の人を、また見かけたら声をかけようと考えていた。動物を連れてはいなかったけど、受診しようか悩んでるなら、何か力になれるかもしれないし。

けど、それから数日は見かけなかったのですっかり忘れていた。私が再び、その人を見かけたのは…。


「安藤さん。ちょっと、寄り道してもいいですか？　お肉の『みさわ』さんでコロッケを買って行きたいんです」

病院に出勤しない火曜と木曜は、本業であるはずの…もうほぼ逆転してるのだが…WEB関係の仕事をして、一段落したら安藤さんの散歩に出かける。真夏の頃は気温が下がる夜まで散歩出来なかったけど、十月も近くなって大分涼しくなって来たので、夕方にも出かけられるようになった。

散歩を終えた帰り道。晩ご飯のおかずを買う為に、商店街の精肉店へ寄って行こうと思い、安藤さんに相談する。散歩を終えて満足げな顔の安藤さんが「分かりました！」って言ってくれる（ように見える）のに笑みを返して、「みさわ」さんに向けて歩き始める。

茜銀座商店街には幾つかの精肉店があるのだけど、「みさわ」さんはお肉だけじゃなくて、美味《おい》しくてお買い得な総菜も売っている人気店だ。特にコロッケは絶品で、更に安いので、必ず買ってしまう。

なので。

「いらっしゃい！　安藤さん、散歩行って来たの？　よかったねえ」

すっかり「みさわ」の奥さんとは顔見知りだ。犬好きだという奥さんに名前を聞かれ、「安藤さん」だと教えると、奥さんは変な名前だと驚きながらもすぐに覚えてくれた。安藤さんを連れて立ち寄ると、いつも声をかけてくれる。

「コロッケ、揚げたてだよ。何枚にしよう？」

揚げたてなんて聞いたら、すぐに食べたくなる。帰りがけに食べる分を一枚、晩ご飯に二枚…いや、三枚かな。合計四枚お願いしようとして、あることを閃《ひらめ》いた。

そうだ…。

「…六枚…ううん、七枚、お願いします」

「あら。今日は多いね」

誰か来るの？と聞かれ、首を横に振る。先生に持って行くのだと話した私に、奥さんは笑って、ならば包みを別にしてあげると言った。奥さんには高遠動物病院で働いていると話していて、先生を見かけたこともあるらしかった。

「ありがとうございます。じゃ、三枚と四枚で」

先生はコロッケパンが好きだし、きっとコロッケも好きなはずだ。この前、あんパンを捨ててしまったお詫《わ》びに…私が悪いわけじゃないけど…持って行ってあげよう。ねえ、安藤さん…と心の中で呼びかけて足下を見ると。

「……」

やけにキラキラした目で私を見ていて、ぎょっとする。安藤さんはいつも機嫌のいい犬だけど、それにしても…と引いてしまうほどだ。何だろう。自分もコロッケが貰《もら》えると誤解したのかな。

「ごめんなさい、安藤さん。安藤さんは食べられないんですよ？」

小声で話しかけつつ、奥さんが包んでくれたコロッケを受け取る。代金を支払って、商店街を病院に向かって歩き始めた。いつもなら揚げたてコロッケを早速取り出して食べ始めるんだけど、病院へ届けてからにしようと思った。

三芳さんの勤務は三時までなので、もう帰ってるだろう。患者さんはいるかな。忙しそうなら手伝った方がいいかな。

そんなことを考えていると、前方に「高遠動物病院」と書かれた看板が見えて来る。うんうん。こうやって遠くからでも分かるのって、やっぱりいいな。看板を掛けかえて本当によかったとにまにました私は…。

「……」

病院の向かい側…この前と同じ街灯のところに、あの男の人を見つけて息を呑《の》む。

あれは…！　後ろ姿だからはっきりは分からないけど、カンカン帽アロハ短パンというスタイルはそう見かけるものじゃないし、絶対にこの前の人だろう。

今日も動物を連れている気配はなく、次第に怪しく思えて来る。そもそも受診を考えてるなら、あんな風に隠れて窺《うかが》う必要はない気がする。看板も出来たし、動物病院かどうか迷う必要もないはずだ。

やっぱり怪しい…。

「安藤さん…何だと思います？」

足を止め、病院を窺っているアロハおじさんの様子を更に窺い、下を見て安藤さんに聞いてみる。困ったような顔で首を傾げる安藤さんも不安そうだ。どうしようかな…。先に病院に入って先生に報《しら》せた方がいい？

でも、私を見たら、きっとまた走って逃げそうな気がする。ならば、気付かれないように背後から近づき、何の用か聞いてみよう。そう決心して足を踏み出した私は、安藤さんと共にそっとアロハおじさんに近づいて行った。

おじさんは私と安藤さんが接近しているのに全く気付かず、病院の方を向いていた。真後ろに立つと、息を吸って声をかける。

「あの」

「…！」

私の声を聞いたおじさんは飛び上がって振り返った。サングラスに白いひげを見て、やっぱりこの前の人だと確信する。

「何してるんですか？」

「い…いや…別に…」

「この前もいましたよね？」

「…な、何でもない…」

「私、あそこの病院で働いてる者なんですけど、何か用ですか？　診察を受けたい動物がいるとかなんですか？」

その可能性は低いと思ったけど、取り敢《あ》えず聞いてみる。おじさんは焦った様子で首を横に振り、それから逆に質問して来た。

「獣医師…なんですか？」

こほんと軽く咳払《せきばら》いして私に尋ねたその声は、予想外に響きのいいものだった。低くて深い、聞き心地のいい声だ。

六十半ば過ぎに見える年齢にしては若い感じの服装や、覗《のぞ》き見してるような行動から、疑いの目で見てたけど、不審者の類《たぐ》いじゃないのかもしれない。

背は高遠先生並に高くて、けど、先生とは違って横幅がある。全体的に大きくて…ひげの印象も手伝って、熊みたいな人だ。こんな平日に商店街にいるってことは…もうリタイアしていたりするのかなと想像しながら、おじさんの問いかけに答える。

「いえ。ただの受付です」

「ああ…、なるほど。先生は一人で？」

「はい。高遠先生のみで、あとは私と看護師のスタッフがいますけど…」

受診を考えてるわけじゃないのに、病院について聞くのはどうしてなのか。怪訝《けげん》に思いつつも、何か事情があるのかもと考え答える私に、おじさんは「ふむ…」と相槌《あいづち》を打って、しばし沈黙した。

「あの…？」

「いや…ええと…、その……僕じゃなくて、知り合いが…獣医を探してて…ここの先生はどうかなと思ったものだから…」

なんと。だから動物を連れてなくて、様子を窺っていたのか。それにしたって、こんな風にこそこそする必要はない気がするけど…。

それはさておき、患者さんはいつでもウエルカムであるから、疑うような目を向けて悪かったと反省しつつ、犬か猫か聞いてみる。

「ええと、犬…」

私の問いかけに答えながら、おじさんは私の足下を見た。その時、初めて安藤さんに気付いたらしいのだが…。

「!!」

安藤さんを見たおじさんは明らかに驚き、かけていたサングラスを外して、その場にしゃがんだ。安藤さんをまじまじと見つめ、「この犬は…」と真剣な調子で呟く。

「…私の犬…ですけど…」

正確には姉の犬なのだが、そこまで説明すると長くなる。おじさんの勢いにたじろいでいたのは私だけでなく、安藤さんも同じで、じろじろ見られて困惑しているようだった。

おじさんは安藤さんをつぶさに観察した後、私と安藤さんを何度か見比べ、それから納得したというように何度か頷《うなず》いた。何を納得してるのか、さっぱり分からずに首を傾げる私に、おじさんは真剣な調子で頼む。

「触ってもいいかな？」

正面からそう言われてしまうと、厭《いや》だと言えず、曖昧《あいまい》に頷いた。安藤さんは厭かな。ごめんね…と心の中で詫《わ》びつつ、おじさんが安藤さんに触れるのを見ていた。

犬好きな人の中には、触りたいという欲望を抑えきれず、「わー可愛いー」と言いながら近づき、いきなり頭を撫《な》でて来る人がいる。安藤さんは我慢強くて、よく出来た犬だから、突然のそうした行動にも対応出来るけど、そういう真似は本当はよくないのだというのを、働き始めて知った。

大抵の場合、自分よりも大きな身体を持つ人間は、犬にとって脅威を与える存在でもある。突然近づかれ、上から手を出されれば、反射的に避けたり、最悪、嚙《か》んでしまったりという行動に出る場合が少なからずある。だから、犬に触る場合は、屈《かが》んだりして姿勢を低くし、触れるのも上からではなく、下からが基本だ。

その点、高遠先生はぶっきらぼうに見えてもプロだ。いつだって動物の方が先生をウエルカムであるのは、基本のルールを守っているからでもある。

許可を求めてくれたおじさんは、マナーのある人なんだろうけど、犬の扱いはどうなんだろう。そんな不安を抱きつつ、行動を見ていると。

「うん、よし。いいな……うん……」

「……」

おじさんの触り方は可愛がるというより、まるで診察してるみたいだった。安藤さんの身体をくまなく触って確認する。安藤さんも困惑してて、「あの？」といった感じで私を見る。

ね、ねえ？　何でしょうね……、このおじさんは。

「……あの……」

「……ああ……すみません、つい……。……いい犬だね。名前は？」

「……。『安藤さん』です」

「いや、君ではなく、犬の……」

「犬の名前が『安藤さん』なんです」

「……なるほど。安藤、ではなく、安藤さん、までが名前なんだね？」

そうです……と私が頷くと、おじさんは「安藤さん」と呼びかけた。その顔には笑みが浮かんでいて、なんか、その表情を見た瞬間に、おじさんに対する疑いが消えていった。犬を見てこういう顔が出来るのは、きっといい人だ。根拠はないけど、そう思う。

「そうか、安藤さんか。よしよし。うん、格好いいな。賢いな、安藤さんは」

さっきの診察っぽい触り方ではなく、愛《いと》おしくマッサージするみたいな手の動きは、安藤さんにとって嬉《うれ》しいものだったらしい。困惑めいてた顔付きがあっという間に嬉しそうになって、目を細めたりしている。

これは…高遠先生並に犬の扱いが上手なのでは、このおじさん。知り合いが獣医を探してるって話だったけど、おじさんも犬を飼ってるのかもしれない。うっとり撫でられている安藤さんを見ながら考えていると、おじさんは私を見上げて質問した。

「君はいつから…ここで働いてるんだ？」

「四月からです」

「……先生と知り合いだったから…とか？」

「いえ。そういうわけじゃないんですけど…」

最初は患者として訪ねたのだけど、何だか分からない内に手伝うことになっていた…というのは、初対面の相手に説明するのを躊躇《ためら》う経緯だ。言葉を濁す私に、おじさんは追及することはなく、病院について尋ねる。

「ここは…去年始めた…んだよな？」

「はい。秋頃に…始めたはずですが、宣伝もしてないし、看板もつい最近かけかえたばかりなので、動物病院だって分かりにくかったかもしれません」

ここを通りかかっても、動物病院かどうか…そして、本当にやっているのかどうか、判断に困る人が多かったはずだ。おじさんもその一人かもと思い、ちゃんとした先生だから安心してくれと伝える。

「高遠先生はちょっと無愛想で…ぶっきらぼうなところもあって…、時には飼い主さんに厳しかったりもするんですけど、本当に親身になって動物のことを考えてくれますから。キャリアも十分にあって、勉強熱心ないい先生です。特にわんちゃんやねこちゃんにとっては、最高だと思いますので…」

安心して受診して下さいとアピールする私を、おじさんはじっと見ていた。その表情が何だか意味ありげなものに感じられて、ちょっと不思議に思う。

何だろう…。何か言いたいことがある？

「あの…」

「…ありがとう。参考になった」

質問しかけた私を遮るように、おじさんは礼を言って立ち上がる。安藤さんに「またね」と優しく言い、私には丁寧に挨拶《あいさつ》する。

「知り合いに受診してみるよう、勧めてみるよ。足を止めさせてしまってすまなかったね。…コロッケ？」

「あ、はい」

私の手元を覗き、確認するおじさんに頷く。いい匂いがしてたのかな。あげたてだから特に食欲をそそるような匂いが漂っている。

自分用の袋に、すぐに食べられるよう一枚だけ別にして貰《もら》ったのがあったので、それをおじさんに差し出した。

「よかったらどうぞ。…この先の『みさわ』さんのコロッケです。あげたてですから」

「えっ。いやいや、そんなつもりで…」

「食べたことないですか？　美味《おい》しいんですよ」

商店街では結構有名だし、おじさんも近所の人だろうから、知ってるかと思ったのに。知らないのなら余計に食べて欲しくて、遠慮するおじさんに「どうぞ」と強引に渡した。

「私の分はまだありますから」

「…ありがとう。…その一つは先生に？」

私が手に持っている二つの袋を見て尋ねるおじさんに、苦笑して頷く。先生のおやつとして差し入れるって、変に思われるかな。

「先生、コロッケ好きなんです。すみません、押しつけてしまって。でも、美味しいので食べてみて下さいね」

知り合いの方によろしくお伝え下さい…と伝え、安藤さんを連れて病院へ向かう。ドアを開けようとして足を止め、振り返ってみると、おじさんの姿は消えていた。

待合に患者さんはおらず、診察室を覗きに行くと、高遠先生はパソコンで作業をしていた。私の姿を見て、すぐに手を止めて出て来る。

「安藤さん？　どうした…安藤さんも一緒か！　よしよし。今日は会えないかと思ってたから、得した気分だぞ」

休みなのに顔を出した私を不思議そうに見た先生は、安藤さんを見つけて破顔する。しゃがみ込んで嬉しそうに安藤さんを可愛がる先生に、さっきのおじさんの姿が被《かぶ》る。なんか…ちょっと似てるような？

顔がどうとかじゃなくて、犬に対する態度が同じ感じだ。犬好きの人って共通した何かがあるのかも…と思う私に、何をしに来たのか聞こうとした高遠先生は、その前に鼻をひくひくさせた。

「……なんか……いい匂いが……」

「あ、これです。コロッケ」

「コロッケパンか？」

「コロッケパンじゃないんですけど、商店街に『みさわ』さんっていうお肉屋さんがあって、そこで売ってるコロッケが美味しいんです。前からお勧めしようと…」

してたのだが、機会を逸していた…というような話を続けようとしたところ。

唐突に、ぐうううという音が聞こえ、思わず目を丸くする。今のって…お腹の音？

「…すまん。朝から何も食べてなくて…」

驚く私に、先生は気まずそうに言い訳する。朝からって…もう夕方だし、相当お腹空《す》いてるんじゃ？　慌ててコロッケが入った袋を渡して、すぐに食べて下さいと勧めた。

「ちょうどあげたてで…本当に美味しいんです。このコロッケ」

「ありがとう、安藤さん…」

今の俺には神に等しい…なんて大げさに言う先生とスタッフルームへ移動する。病院の左奥には更衣室や備品室を兼ねたスタッフルームがある。洗濯機や冷蔵庫、給湯器、シンクなんかもあるスタッフルームには、休憩出来る椅子やテーブルもあって、三芳さんは昼食を食べたりしている。

飲み物も冷やしてあるので、椅子に座ってコロッケを食べる先生にお茶を出した。

「ありがとう…、安藤さん、美味《うま》いな、これ」

「ですよね？　よかった」

「何処にあるって？」

「いつものパン屋さんを過ぎて、地下鉄の駅の方へ行った先にあって…こっちから行くと左側に見えます。コロッケ以外のお総菜も色々売ってて、賑《にぎ》わってるし、すぐに分かると思います」

「そうか…うん、今度買いに行って来る…」

そう言いながらも、先生はむしゃむしゃコロッケを食べて、あっという間に三枚を平らげてしまった。本当はおやつのつもりだったので、三枚あれば十分かなと思ったけど、足りなかったようだ。

「先生、まだ食べます？　夕飯のおかずにと思って買って来たのがあるんですが…」

「……安藤さんの晩飯なんだろ？」

遠慮がちな台詞《せりふ》を口にするけど、先生の視線はじっとコロッケの袋に注がれている。苦笑いで、私は別のものを食べるからと言うと、先生は「ありがとう」と真面目な顔で礼を言って、追加の三枚を食べ始めた。

「胸焼けしません？」

「平気」

消費期限を五日も過ぎた（しかも夏場に）あんパンを食べようとした人だからな…。胸焼けなんてデリケートさにはほど遠いに違いない。さっきと同じスピードでコロッケを食べる先生を見ながら、そう言えばとおじさんの顔を思い出す。

おじさんもコロッケ、食べてくれたかな。高遠先生みたいに喜んでくれていたらいいのだけど。

「…どうした？」

「あ…いえ。さっき、病院の前で会ったおじさんにコロッケをあげたんですが、食べてくれたかなと思って」

「……」

高遠先生が怪訝《けげん》そうな表情になったのに気づき、慌てて説明を補足する。知らないおじさんにコロッケをあげたなんて、そこだけ聞いたらおかしな話だ。

診察に来ようか悩んでいる（実際は知り合いみたいだけど）って聞いたから…とつけ加えてみたものの、それでも知らない人には変わりない。三芳さんだったら「何してんの」と呆《あき》れそうだけど、高遠先生は違っていて。

「そうか……もう一枚あったのか…」

「……まだ食べ足りないんですか？」

おじさんにあげた一枚も欲しかったと言いたげな顔に見え、思わず冷たい視線を向けてしまう。高遠先生は慌てて、もう十分だと言い、お茶を飲んだ。コロッケ六枚って、結構な量ですって、先生…。

晩ご飯のおかずは失ってしまったものの、高遠先生がコロッケを美味しいと言ってくれて、腹ぺこな先生を助けられたのはよかった。そして、コロッケを喜んでくれたのは先生だけじゃなくて。

「こんにちは」

午前中の勤務を終え、病院を出て家に向かって歩いていたところ、背後から挨拶された。振り返ってみると、昨日のおじさんがいて「こんにちは」と挨拶を返す。

「昨日はありがとう。コロッケ、とても美味しかったよ」

「本当ですか？　よかったです。押しつけてしまったので、どうだったのかなと心配してたんです」

「よければお礼をさせてくれないか」

そう言って、おじさんはお茶でもどうかと続けた。これって…まさか、ナンパ？　いやいや。うちの父親よりも年上だろうし…それはないよね…？

と、不審に思う気持ちが顔に出ていたらしい。おじさんは慌てて、おかしな意味合いではないのだと弁明する。

「ただ…純粋にお礼を…」

「あ、ええ、はい。でも、お礼なんて結構ですから」

「しかし…」

私が遠慮すると、おじさんは困った顔で言い淀《よど》む。今日はサングラスをかけていないので、表情がよく分かった。思い切って誘ってみたけど、断られて、どうしたらいいか分からないといった顔付きは、ちょっと可哀想にも思えて、安藤さんを見る。

どう思いますか、安藤さん。付き合ってあげるべきでしょうか？　そんな問いかけを心の中でするると、おじさんを好ましく思っているらしい安藤さんは深く頷《うなず》いた（ように見えた）。

悪い人ではありませんから、よろしいかと。そんな声を聞いた気分で、おじさんに「じゃ」と伝える。

「お茶だけ…。でも、安藤さんがいるので」

入れる店は限られている。醍醐さんのお兄さんに教えて貰ったカフェなら大丈夫だと伝えると、おじさんはほっとしたように息を吐き、私に案内を頼んだ。並んで歩き始めると、おじさんは安藤さんもいつも一緒なのかと尋ねる。

「はい。先生が安藤さんを連れて来てもいいと言ってくれたので…それで働き始めたっていうのもあるんです」

「そうか。勤務は午前だけ？」

「いえ。午後は五時から…もう一度来ます」

「じゃ、午後の診察は五時から？」

「午後の診察というか、先生はずっと診察してるんですけど」

「ずっと？」

「患者さんが来ればいつでも診てるんです。休診日も特になくて」

おじさんは驚くかもしれないと思ったが、そんなことはなくて、真面目な顔で「そうか」と相槌《あいづち》を打つ。住まいは近くなのかと続けて聞かれ、頷いた。

「病院から歩いて五分くらいです。…お近くにお住まいなんですよね？」

私だけじゃなくて、おじさんも茜銀座商店街付近に住んでいるのだろうと思い…連日、姿を見せているのだから…確認するみたいに尋ねる。おじさんは一瞬、躊躇《ためら》ったような顔をしてから返事した。

「…ああ…うん、まあ…」

「駅の方ですか？」

「まあ…まあ、うん…」

曖昧《あいまい》な答え方なのは、住んでるところを知られたくないからなのかな。余り突っ込んではいけない気がして、それ以上は聞かなかった。そうしている内にカフェに着き、安藤さんも一緒に利用出来るテラス席へ案内して貰う。

夏の気配は随分薄くなったけれど、日差しはまだ強いので、テラス席にはシェードがかけられていた。日陰になった席には他にもわんちゃん連れのお客さんがいて、私たちは空いていた四人がけの席に座った。

テーブルに置いてあったメニューにランチという文字と写真を見つけ、お腹空いたなと思ったのが、おじさんに伝わったらしい。

「よかったらランチを」

「でも…」

「誘ったのは僕の方だ。遠慮はいらない」

おじさんは自ら店員を呼び、自分はアイスコーヒーで、私にはランチを頼むと伝える。

ランチは二種類あったので、ドライカレーの方にして貰《もら》った。ドリンクはどうしますかと聞かれ、アイスティーを一緒に頼む。

「すみません。ランチ代は自分で出しますから」

「律儀な子だな。君は」

苦笑したおじさんは、被ったままだったカンカン帽を脱いで隣の席に置く。ちらりと見えていたけど、短く切った髪はひげと同じく白くなっていた。おじさんは昨日もその前も、柄違いのアロハシャツを着ていた。

「アロハ、お好きなんですか？」

「…ああ。好きで集めているものだから」

「そうなんですか。前の会社にヴィンテージを集めてる人がいました。作られた場所とかブランドとか、結構奥深いんですよね」

「そう…！　そうなんだよ。…前の会社というのは…」

倒産してしまった…とまでは言わず、おじさんが着ているアロハについて尋ねる。それもヴィンテージなのかと聞いた私に、おじさんはいきいきと説明し始めた。

「これは七〇年代のもので、ヴィンテージというほどでもないよ。知ってるかもしれないが、アロハシャツにはハワイで作られたもの、アメリカ本土で作られたもの、日本で作られたものとあって、これはメイドインハワイのもので、ハイビスカスというのは柄として典型的なものだが、どうも僕はこの色合いが好きで、ハワイのものは植物をモチーフにしたものが多くある…」

自分が着ているシャツを満足げに見ながら語るおじさんは、途中ではっとしたように話をやめた。私を見て、困った顔で「すまない」と謝る。

「アロハの話になるとつい…。いつも叱られるんだが…」

「え…いいですよ。別に」

おじさんが謝ったのは、普段誰かに叱られているからのようだった。私はアロハに興味があるわけじゃないけど、何かについて熱く語る人を見てるのは嫌いじゃないから、おじさんの話もつまらないとは思わなかった。

でも、おじさんがしゅんとしてるってことは、いつもくどいとかしつこいとか言われてるのかな。想像して笑みを零《こぼ》す私に、おじさんは「君は」と聞いて来る。

「ＩＴ関係の会社にいたのなら、どうして動物病院で働くことにしたんだ？」

「ええと…実は今もそっちの仕事もフリーでしてるんです。でも…仕事が余りなくて…」

「掛け持ちを？」

「そんな感じです」

「しかし、全く違う職種じゃないか。以前に動物病院に勤務したことが？」

怪訝そうに尋ねるおじさんに首を横に振って答えると、注文していたランチと飲み物が運ばれて来た。いつも飲み物だけで、ランチを食べるのは初めてだ。ドライカレーにはグリーンサラダも添えられていて、とても美味《おい》しそうで、早速スプーンを手にする。

「…動物病院どころか、犬と暮らし始めたのも最近なんです。実は…安藤さんは本当は姉の犬で、春に姉夫婦が仕事の都合で海外へ行ってしまったので、留守番を兼ねて安藤さんの世話をする為に引っ越して来たんです」

だから、今住んでいるところは姉の家なのだと話し、カレーを食べる。スパイスが利いてて、とても美味しい。これは三芳さんにも教えてあげなきゃ。おじさんは私の話に「そうか」と頷き銀色のマグカップに入ったアイスコーヒーを飲んだ。

一口飲んでマグカップを置き、「じゃ」と続ける。

「きょう……いや、ええと…君のところの先生と付き合っているから…」

「え？」

「彼女だから手伝っている…とかではないのかな？」

「彼女って…」

誰が誰の？　すぐに意味が分からず、眉《まゆ》を顰《ひそ》めた私を見て、おじさんは困惑したようだった。少し気まずそうに咳払《せきばら》いし、忘れてくれと言う。カレーを食べつつ、おじさんが言った意味を考えていた私は、少し遅れてその真意に気がついた。

つまり、高遠先生と付き合ってるから、病院を手伝っていると？

「とんでもない…！」

「…！」

私が遅れて大きな声で否定したのに驚き、おじさんは飲みかけていたアイスコーヒーに噎《む》せてしまう。けほっと吐き出すおじさんに「ごめんなさい」と詫《わ》びてから、改めて否定した。

「違います。そんな、高遠先生と付き合ってるなんて、全然違いますから！」

「そ、そうか…。すまない。もしかしたら…と思って…」

「ないです、ないです。あり得ません」

「……他に付き合ってる相手が？」

「いえいえ。それもないんですけど…」

先生と付き合うなんて…と眉を顰めたままカレーを口に運ぶ。その時、何だか視線を感じた。怪訝に思って下を見ると、さっきまでふせをした状態で前脚に顎《あご》をのせ、お昼寝モードだった安藤さんが起きていて、お座りして私を哀しげに見ていた。

な、なに？　安藤さん、どうしてそんな哀しげな目で見てるの？

「……⁇」

いつもつぶらな安藤さんの瞳《ひとみ》に憐憫《れんびん》の情的な気配を感じ、首を傾げる。お腹が空《す》いた……わけじゃないよね？　何だろう…どうしてそんな目で…。

不思議に思う私に、安藤さんは、人間だったら肩を竦《すく》めて溜《た》め息を零す…みたいな雰囲気を漂わせ、再びふせをして寝入ってしまった。

何だったんだろう…今のは。不安に思いつつ、カレーを食べる。おじさんは全否定した私の勢いに戦《おのの》いていたようだが、少しして、もう一度尋ねて来た。

「先生はタイプじゃないとか？」

「……。タイプとかそういう次元で見たことないです。先生は先生ですから」

「そうか…」

正直に答えると、おじさんは残念そうな感じで相槌を打つ。なんで残念そうなのか。怪《け》訝《げん》に思うと、また視線を感じる。

「……」

だーかーらー。安藤さんはなんでそんな哀れみの目で見るんですかー？

おじさんは昨日も、知り合いだったから働いているのかと聞いた。それって、高遠先生と付き合ってるからって意味だったんだ。

そんなのあり得ないと否定した私に、おじさんも安藤さんも揃って何か言いたげだったけど、その本心は分からないまま、ランチを食べ終えた。アイスティーも飲んでしまうと、ランチ代まで支払ってくれたおじさんにお礼を言って店を出た。

「すみませんでした。ご飯までごちそうになっちゃって」

「いや。こっちの方こそ、突然悪かったね。…安藤さんも。おとなしく出来て、いい子だったな」

その場に屈《かが》んだおじさんは、安藤さんを撫《な》でよしよしと可愛がる。再度、「ありがとうございました」と礼を言い、その場で別れようとしたんだけど。

そうだ。うちを受診しようとしてる、おじさんの知り合いの名前を聞いておこうと思ってたのだ。そしたら、すぐに分かるし。

「そう言えば…」

「日和！」

私が尋ねかけたのと同時くらいに、名前を呼ぶ三芳さんの声が聞こえた。はっとして振り返ると、離れたところから手を振ってる三芳さんの姿が見える。

「何してんの？　帰ったんじゃ…」

「ランチしてたの。三芳さんこそ…」

まだ三芳さんは勤務時間中のはずで、何処へ行くのかと聞こうとした私は、足早に近づいて来た三芳さんの顔が、徐々に変わって行くのを目の当たりにしてぎょっとした。

何気ない表情だったのが…どんどん怖いものに…なっていくんですけど…？

「どうしたの？」

不安になって尋ねる私を、三芳さんは見ていなかった。三芳さんの視線の先にあるのは…私の後ろにいたおじさんで、つかつか歩いて来た三芳さんは、私をスルーしておじさんの前で立ち止まる。

「こんなとこで何してんですか？」

「……」

「えっ!?」

まさか…三芳さん、おじさんを知ってるの？　おじさんを見ると、三芳さんの視線を避けるようにして顔を背けている。ということは…おじさんも三芳さんを知ってる…？

意外な展開に驚く私に、三芳さんはどうしておじさんと一緒にいるのかと聞いた。

「ええと……昨日、コロッケをあげたお礼にって…」

「この方の知り合いがうちを受診しようか迷ってるって話を聞いて…ちょうどコロッケを買って来たところだったから、一つあげたの。そしたら、お礼にお茶でもって誘われて」

ランチをごちそうになったと打ち明けた私の話を聞いた三芳さんは、気まずそうに明後日《あさって》の方を見ているおじさんを眇《すが》めた目で見て、「知り合い～？」と語尾を上げて繰り返す。なんか、怖いんだけど…三芳さん…。

ていうか、一体、このおじさんは…。

「高遠先生に診て貰いたい知り合いって誰スか？」

「……」

「偵察ってやつスか」

「ま、まさか…！　そんなつもりはない！」

冷たい口調で問い詰める三芳さんに、おじさんは慌てて否定する。偵察って。どういう意味で言ってるのか分からないけど、不穏なものに思えて、三芳さんに聞いた。

「待って。偵察って何？どういうこと？」

「日和、この人の名前聞いた？」

「……」

…聞いてない。おじさんから聞かれたのは犬の名前だけだったから、私も名乗るのを忘れてて、おじさんの名前も聞きそびれていた。心許《こころもと》ない気分で首を振ると、三芳さんは呆《あき》れた目で私を見て、おじさんの正体を教えてくれる。

「井関の院長だよ」

「井関って…」

もしかして…ううん、もしかしなくても、高遠先生と三芳さんが働いていた…そして、醍醐さんは今も働《の》いている、井関アニマルクリニックのことだよね？

えっと息を呑みおじさん…もとい、院長先生を見ると、さっきよりももっと気まずそうな顔付きになっていて、私に向かって頭を下げる。

「…すまない。騙《だま》してるつもりはなかったんだが…」

「じゃ…知り合いっていうのは…」

「そんなの嘘に決まってるじゃん。自分で診れますもんね。それともセカンドオピニオンでも？」

「意地悪言うなよ〜。元気そうだな。仲本」

「三芳です」

あ…院長先生も高遠先生と同じタイプ？　もしかして、私も「安藤さん」で登録されてしまったかな…（だから、名前を聞かれなかった…？）。

大きな身体を竦めて恐縮している院長先生を、三芳さんは腕組みをして、仕方なさそうに見る。その目には怒っているとか呆れているとか、そんな色合いはなくて、それよりも心配しているような雰囲気が感じられた。

「…大丈夫なんですか？」

「うん、まあな。ありがとう」

三芳さんから確認するように聞かれた院長先生は、苦笑いを浮かべて礼を言う。何が大丈夫なのか私には分からなかったけど、二人には通じているようだった。三芳さんにとっては元の雇い主でもある。なんかよく分からないけど、色々あるんだろう。

とにかく、院長先生が言ってた知り合いというのは存在しないらしくて、だったらどうしてという疑問を考えてみると。

「…高遠先生に用があったんですか？」

高遠先生は井関アニマルクリニックを円満退職したわけではないと聞いている。院長先生が街灯の陰から様子を窺《うかが》っていたのは、先生に会いにくいからなのか。その辺りを含めて問いかけると、院長先生は曖昧《あいまい》な感じで首を横に振った。

「いや。用があるわけじゃ…」

「ただ会いたかっただけなんでしょ」

「な…っ…ちが…」

「素直になった方がいいですよ」

腕組みしたままの三芳さんに諭されたものの、院長先生は認めず、用があるから帰ると言い出した。

「すまなかったね、安藤さん」

「……いや…」

私に向かって「安藤さん」と呼びかけた院長先生に訂正しようとしたが、さっと屈まれタイミングを逸する。院長先生は本物の安藤さんの前にしゃがんで「いい子でな」と挨拶すると、そそくさと逃げるみたいに立ち去って行った。

大きな背中が遠ざかって行くのを見ながら、三芳さんに二人の仲は拗《こじ》れたままなのかと尋ねる。三芳さんは私をちらりと見て、何処まで知っているのかと聞いた。

「以前、醍醐さんから、先生が井関を辞めたのは院長じゃなくて副院長の方と揉《も》めたからって…聞いたけど」

「そうなんだけど…やっぱ、色々あったからさ。この前、先生に聞いたら、辞表を出してからずっと会ってないって言ってたし」

「そっか…」

「元々は仲良かったんだけどね。なんやかんや言って、高遠先生のやり方が通ってたのは院長のお陰だったし」

理解者ではあった…と言う三芳さんの横顔は寂しげなものだった。たぶん、二人はいい感じの間柄だったんだろうな。動物第一、経費無視の高遠先生を、院長先生はおいおいと嘆きながらも許してて、三芳さんみたいに出来る看護師さんとかが現場を支えてて…。

そういう場所がなくなってしまったのを、口にはしないけど、三芳さんは悲しんでいるんだろう。安藤さんもしんみりした空気を感じているようで、心配げな表情で三芳さんを見ていた。

「でも、今頃、どうして？　開院したばかりの頃なら分かるけど…」

高遠動物病院はもうすぐ開院から一年になるはずで、先生が井関を辞めてからはそれ以上の月日が経っている。訪ねて来るきっかけは何だったのかと不思議に思う私に、三芳さんは心当たりがありそうだったけど、何も言わなかった。それよりも…と、用事があったのだと切り出す。

「お昼買いに行こうと思って出て来たんだ。ごめん、日和。行くね」

「あ、うん。こっちこそ、ごめん」

またね…と言ってコンビニへ向かった三芳さんの姿が見えなくなると、私は一つ息を吐いて安藤さんを見た。

「…帰りましょうか」

人間って色々あって、めんどくさいですね。そんな言葉を胸にしまって、安藤さんと一緒にゆっくり歩いて帰った。

隠れて様子を窺っていた院長先生は、高遠先生が出て来たら偶然を装って会うつもりだったんだろうか。それとも、ただ姿を見たかっただけなのか。どっちにしても院長先生は、正面から会えないでいるようなのだが…。

先生はそこまでデリケートじゃないような…。

「……なんだ？」

「え？」

「さっきからじっと見て」

そんなつもりはなくて、大きく首を振って否定する。患者さんが途切れたので、診察室に先生が溜《た》め込んでいるカルテを整理しに来たのだが、つい、先生を窺うように見てしまっていた。

院長先生に会った後、一旦《いったん》家に帰って、夕方に出勤した時には三芳さんはもう帰宅していた。だから、三芳さんが院長先生に会ったことを話したかどうかは分からず、私の口から伝えるのも悩むところだ。井関に関して、私は部外者だし。

そう思ったのだけど、気になって、遠回しに聞いてみる。

「…ここって…もうすぐ一周年になるんですよね？」

「あー…ああ、そう言えばそうだな」

「先生が…前の病院辞めてからどれくらいで？」

「確か…春だったから、半年くらいだ。…なんで？」

そんなことを聞くのかと、高遠先生はじっと私を見る。先生は短気ではないし、感情的になるタイプでもない。だから、怒っているわけじゃないと分かっているのだけど、何分、物言いがぶっきらぼうで無愛想なので、怖い。

すっかり慣れっこではあるのに、そう感じたのは、私に疚《やま》しさがあるからだ。怯《ひる》みそうになりつつも、必死で考えた言い訳を口にする。

「あの…安藤さんの散歩コースの近くで眼科がオープンするってお知らせを見かけたんですけど、来年春に開業予定とか書いてあって。先生も事前にお知らせとか…」

そう聞きながらも、してるわけがないのは分かっていた。開院から一年近く経った最近、看板をやっと付け替えたくらいなのだ。不審に思われるかと思ったが、先生は気にしていなくて、無表情な顔を横に振った。

「してない。俺は開業するつもりはなかったし…辞めたのを知った醍醐が、勝手に話を進めてたのにも納得してなかったからな」

「でも、醍醐さんのお兄さんがいてくれて、よかったですよ。先生は…」

再就職出来そうにない…と何気なく言いかけて、さすがに面と向かって言うのは失礼かと思い、苦笑してごまかす。

「…色々難しいじゃないですか」

「雇って貰《もら》えそうにないからって？」

「そんなことは…」

ないと思うけど、続けて勤められるかは微妙かもしれない。そんな本音は飲み込み、無言の笑みでごまかす私に、先生は小さく息を吐いて「まあな」と認めた。

「自分でも獣医として働くのは難しいかもしれないとは思ってた」

「えっ。じゃ、他のことしようと思ってたんですか？」

「安藤さんは知らないかもしれないが、獣医師とか歯科医師っていうのは一般の医師と違って、総合病院が多くあるわけじゃないから、勤め先が少ないんだ。だから、開業するしかなくて、供給過多の状態だ」

「それは…聞いたことがあります」

「俺には開業までの準備も経営も無理だろうから、取り敢《あ》えず、貯金がなくなったら何しようか考えるつもりでいたんだ」

「…なくなってからですか？」

順番が違うような…。私に呆れた目で見られた先生は、渋い顔でその計画は実現しなかったのだと続ける。

「醍醐に全部使われて…更に借金まで背負わされたからな」

「それは…先生の為ですから」

迷惑げに言うけど、本心はたぶん違うと分かっている。醍醐さんのお兄さんにはきっと感謝してるに違いないのだ。だって。

「よかったですよ。ここが出来て。先生に診て貰える子たちはしあわせです」

「……」

先生だって少しずつ患者さんが増えていってる状況を喜んでいるはずだ。愛想もサービスもよくはないけど、先生を慕ってくれる飼い主さんは着実に増えている。借金だって、きっと返せるだろう。

「それに…先生が獣医以外の仕事なんて、思いつきません」

「そうか？ これでも器用なんだぞ」

「ちなみに何系の仕事を考えてたんですか？」

「……」

私に聞かれた先生は難しい顔になって首を捻《ひね》る。ほらね。他にないですよ。先生には。

井関についてもそれとなく話題に出来ればよかったんだけど、醍醐さんから聞いている辞めるきっかけとなった一件は、先生にとって辛《つら》い記憶でもあるだろうから尻込《しりご》みした。患者さんが来たのもあって、院長先生について切り出すことは出来ないまま、その日の仕事を終えた。

　また院長先生を見かけたら、今度は先生に教えよう。先生も三芳さんと同じく、つかつか近づいて行って「何してんですか」とか聞きそうだ。あっさり再会…なんて展開を私は想像していたのだけど…。


　院長先生にランチをごちそうになった翌週。山野さんがミルちゃんを連れて、予定よりも早く受診に訪れた。

「本当は明日来る予定だったんだけど、昨夜から元気がなくて。何度か吐き戻したの。ご飯も食べてなくて」

　表情を曇らせた山野さんが言う通り、キャリーバッグの中にいるミルちゃんはじっとしたままで、明らかに様子がおかしい。先生は診察中だったので、待合で待って貰うよう頼んでから、ミルちゃんのカルテを出して、診察室へ届ける。

　私がドアを開けようとすると、ちょうど診察を終えた患者さんが出て来るところだった。お大事にと伝え、ドアを支えて送り出してから、器具を片付けていた三芳さんにミルちゃんのカルテを渡す。

「山野さんのミルちゃんなんだけど、昨夜から元気がないんだって。吐き戻して、食事も食べてないみたい」

「ミルちゃん、食いしん坊なのに？」

「すぐに入って貰ってくれ」

三芳さんに伝えていた内容は先生にも聞こえていて、診察室へ入れるよう指示される。

私は急いで受付に戻ると、待合の山野さんに声をかけ、受付横のドアを開けた。キャリーバッグを持った山野さんが診察室へ入って行くと、不安に思いながら安藤さんに声をかける。

「ミルちゃん、大丈夫でしょうか…」

人間でも膵臓《すいぞう》は対処の難しい臓器だと聞く。膵臓には食べたものの消化を助ける膵液と、血糖値の調節をするインスリンなどのホルモンを作り出す機能がある。ミルちゃんがこの前入院したのは、急性膵炎という病気で、何らかの原因で膵液が膵臓の中に溜まって炎症を起こすものだ。

膵液っていうのは食べ物を消化する為の液なのだから、それが溜まってしまったら、膵臓そのものを溶かすような状況になりかねない。ミルちゃんは受診後、そのまま入院し、治療を受けてよくなったので、通院ということになったんだけど…。

　また調子が悪くなったというのが気になって、新たな患者さんが来そうにないのを見て、診察室を覗《のぞ》きに行くことにした。安藤さんも一緒になって診察室の様子を窺《うかが》うと、ミルちゃんは診察台の上で横たわっていて、輸液を受けていた。

　先生はいつにも増して難しい顔で、山野さんに問いかける。

「この前も説明しましたが、急性膵炎には食事のコントロールが重要なんです。何か心当たりはありませんか？　療法食って、ちゃんと食べさせてくれてましたか？」

「心当たりなんて…。ご飯は量も守って…あげてましたし、お薬もちゃんと」

「そうですか…。急激な運動をさせたりとか？」

「いつも通りの散歩くらいです」

「散歩中に拾い食いとか…」

「とんでもない」

　外でそんな真似をしたことはないと、山野さんは真剣な表情で首を振る。先生は「そうですか」と唸《うな》るように相槌《あいづち》を繰り返し、腕組みをしてしばし考え込んだ後、「とにかく」と続けた。

「しばらく入院させていいですか。輸液で抗炎症剤を入れて管理したいのと、食事を制限したいので」

「お願いします…」

心配そうな顔で山野さんは先生に頭を下げる。安藤さんを見て、「大丈夫でしょうか…」と声をかけていると、受付から声が聞こえた。患者さんだ…と慌てて戻り、対応していると、三芳さんが診察室から出て来た。

「日和。ミルちゃん、入院になったから。同意書の記入お願いして」

「入院の同意書ね。了解……ミルちゃん、大丈夫？」

「うーん。先生は悩んでるよ」

三芳さんに声を低くして尋ねると、困った顔で肩を竦《すく》める。先生としては原因が摑《つか》めないらしいのだが…。

取り敢えず、容態を安定させることが先決だからと言って、三芳さんは診察室へ戻って行き、間もなくして山野さんが出て来た。

「またお世話になることになっちゃった。よろしくね」

「早くよくなるといいですね。山野さん、お手数ですが、同意書に記入をお願いします」

バインダーに挟んだ同意書とペンを渡し、待合で書いて貰うように頼む。その間に、新しく来た患者さんを診察室に案内して戻ると、山野さんが同意書の記入を終えていた。

「これでいい？」

「あ、はい。大丈夫です…」

「……」

記入漏れがないかチェックする私を、山野さんは物言いたげな目で見る。何だろう。何か確認したいことでもあるのかな。でも、ミルちゃんはこの前も入院したから…。

「何か…」

ありますかと私が聞きかけると、山野さんは慌てた感じで首を振った。何でもないと示した割に、その表情は曇ったままだ。

「…心配ですよね…」

急性膵炎というのは楽観出来る病気じゃない。ミルちゃんは身体も小さいし、山野さんが心細く思う気持ちも分かる。先生は症状が再発した理由が分からないと悩んでるみたいだし…。

こんな時、どう声をかけるべきか。まだまだ経験値の少ない私にはうまい言葉が見つからず、けれど、大丈夫ですよと気軽には言えなかった。先生も三芳さんも、一生懸命対応してくれるから…とせめて、伝えようとした私に、山野さんはぽつりと零《こぼ》す。

「…先生には…言えなかったんだけど……」

「……」

えっ、何を…？　どきりとして山野さんを見つめ、続けられる言葉を待った。しかし、山野さんは言い淀《よど》んで、結局、「何でもないわ」と結んだ。

「山野さん…」

「ミルをよろしくお願いします。また明日、様子を見に来るわね」

「はい…」

山野さんが何を先生に言えなかったのか、とても気になったけど聞けなくて、帰って行く背中を見送った。言えなかった…って、ミルちゃんに関することだよね？

「…なんだと思います？」

安藤さんを見て尋ねると、「さあ？」といった感じの目を返される。山野さんが残していった意味深な言葉を、先生に伝えようかどうか悩んだけれど、本人に確認してからの方がいいと判断した。迷うくらいなのだから、先生には言いにくい内容に違いない。

明日も来ると言ってたが、私は休みだ。会えるのは明後日《あさって》になるかなと…と思いながらも、山野さんの言えなかったことというのがずっと気になっていた。

そして、翌日。お昼近くに仕事が一段落すると、私は安藤さんの散歩のついでという言い訳をつけて、病院へ様子を見に行くことにした。山野さんはもう来てて、もしかすると、言えなかったことというのを先生に伝えたかもしれない。

三芳さんに聞いてみようと思い、安藤さんとマンションを出て病院へ向かう。角を曲がり、高遠動物病院の看板が見えて来ると同時に、あっと声をあげそうになった。

「…！」

街灯の陰に立っているのは…院長先生だ！　やっぱり高遠先生に会いに来たんだ…と思い、安藤さんと共に足早に近づく。勢いよく近寄ったものだから、院長先生は足音に気づき、振り返った。

「あ…」

「こんにちは。高遠先生に会いに来られたんですよね？」

どうぞ中へ…と勧める私に、院長先生は困った顔で首を横に振ろうとしたのだが。その時、病院のドアが開き、高遠先生本人が姿を見せた。

「!!」

院長先生は慌てて街灯に隠れるが、そもそも、身体が大きいものだから隠れられていない。高遠先生は私に…というより、安藤さんに…気づき、ぱっと破顔して近づいて来る。

「安藤さん！　どうした…」

今日は休みだから会えないと思っていた安藤さん（犬）に会えたのが嬉《うれ》しく、駆け寄ろうとした先生は、そこで院長先生の存在に気付いた。ぎりぎり、顔の辺りは街灯で隠れていたが、その格好ですぐに分かったらしかった。

「……」

先生は立ち止まり、すっと表情を険しくする。そんな先生の反応を見て、私はどきりとした。

てっきり、先生は三芳さんと同じように何でもない顔で「何してんですか」とか、院長先生に突っ込んだりするのだと思っていたけど…。こんな表情になるのって、院長先生に対する蟠《わだかま》りが消えてないってことなのかな…。

立ち止まった先生を、私と安藤さんは揃って不安な思いで見つめる。先生がひどいことを言いやしないだろうか、心配で。三芳さんが院長先生に向けた「何してんですか」っていう言葉は呆《あき》れた感じだったけど、もっと冷たく…いや、無視して行ってしまったりしたら…。

院長先生との間に諍《いさか》いがあったのは確かでも、私が知ってるだけで四回もここまで来てるのだ。それくらい、先生に会いたいと…思っているのだから。

「先生…」

院長先生が何度も足を運んでいるのを伝えようとした私は、ふいに聞こえた声に邪魔された。

「先生、ちょうどよかった…！」

街灯に隠れてる院長先生を険相で睨《にら》むように見ている高遠先生を、背後から呼んだのは、山野さんだった。

山野さんは一人じゃなくて、年配の男性と連れ立っていた。少し後ろに立っているむっとした顔付きの男性は、年齢からしてたぶん、山野さんの旦那《だんな》さんだろう。山野さんは旦那さんを手招きして近寄らせ、先生に「謝りなさいよ」と促す。

「謝る？」

不思議そうに繰り返した先生に、山野さんは「すみません」と詫《わ》びた。

「昨日、心当たりはないみたいなことを言ったんですけど、本当はあったんです。もしかしたら…と思ってて…」

「どういうことですか？」

「うちの人が散歩中におやつをあげてたんです…！」

山野さんは憤慨して訴え、旦那さんに厳しい目を向ける。旦那さんは顰《しか》め面になっていて、厭《いや》な予感がした。もしや、旦那さんは悪いことをしたとは思っていないとか…。

「病院から貰《もら》ったフード以外はあげちゃ駄目だって言ったのに」

「何言ってんだ。お前だって、あんなまずそうなご飯しか食べられなくて可哀想だって言ってたじゃないか」

「言っただけよ。病気なんだから、仕方ないと思ってあげてないわよ」

「俺だって、ちゃんと無添加って書いてあるやつにしてたぞ！」

「……あげてたんですね」

語るに落ちた旦那さんを、先生は冷めた目で見て確認する。旦那さんはすごくばつの悪そうな顔になって、言い訳を始めた。

「ちょこっとだけだ。大した量じゃない」

「それでもミルちゃんには十分に影響を与える量なんです。山野さんには説明しましたが、ミルちゃんは急性膵炎《すいえん》で食事の管理が非常に重要なんです。逆に言えば、それさえ出来ていれば、再発も防げるものなんです」

「けど、ミルはもう歳で、なのにあんな飯しか食えないって…可哀想だろ？」

「病気で痛い思いをする方が可哀想です」

「っ…」

正論でばっさり切り捨てる先生に、旦那さんは怒りを露《あら》わにする。まずい…。この旦那さんと先生は相性がよくない気がする。

高遠動物病院で働き始めた頃、先生はよく飼い主さんを怒らせていた。先生は正しいのだけど、言い方がきついし、態度や表情も厳しい。それはよくないと私や醍醐さんに繰り返し注意され、私がフォローに入ることで、随分、改善されては来ているのだが…。

明らかにかちんと来てる旦那さんが、先生に言い返そうと口を開く。仲違《なかたが》いしてしまいそうな予感がして、慌てて割って入ろうとしたところ。

「まあまあ、ご主人。まずは急性膵炎という病気を説明しましょう」

「……？」

私よりも先に、院長先生が二人の間に入って行った。にこやかな笑みを浮かべ、高遠先生の前に立ち、旦那さんと向き合う。旦那さんは怪訝《けげん》な顔になって山野さんを見て、山野さんは困った顔で「知らない」というように首を振った。

院長先生はおおらかに、自分は高遠動物病院の顧問なのだと説明する。高遠先生は訝《いぶか》しげに院長先生を見たが、制することはしなかった。

「獣医師でもありますから、ご安心を。ところで、ご主人。膵臓というのが何処にあるかはご存じですか？」

「え…そう言われると…お腹の辺りとしか…」

「人間でいうと…この辺りですね」

そう言って、院長先生は自分の左脇腹辺りを押さえる。ここですよと教えられた旦那さんは、反射的に自分の脇腹を触っていた。

「人間でも急性膵炎は起こるんですが、非常に痛いんですよ。なられたことは？」

「…ないですけど…」

「それは結構です。僕も幸い、急性膵炎になったことはないんですが、のたうち回るような痛みだと聞きます。膵臓というのは主に消化液を作る働きと、インスリンを作る働きの二つがありましてね。インスリンは糖尿病に関係してるのはお聞きになったことがあるかもしれませんね。今回の急性膵炎というのは、膵液という消化液が関係してるんです。膵炎は肥満傾向にあるとよく見られるんですが…どうなんだ？」

「肥満傾向ではありません」

途中で確認された高遠先生は首を横に振る。話に割って入った院長先生に不満を抱いていたら…と不安だったが、そんな様子は見られなかった。

「だとすると、体質か他の要因があるのか…とにかく、その子にもよりますが、犬でも猫でも腹痛が起こる場合があり、痛いんですよ。僕が診たことのあるわんちゃんだと、こんな風にして…痛みを堪《こら》えようとするんですけどね」

話しながら、院長は両手を前に伸ばして身体を半分に折り、お尻《しり》を突き出すみたいな姿勢をしてみせる。それを見て、山野さんが「あっ」と声を上げた。

「ミルもそんな格好、してました」

「でしょう？　あれ、痛いのを堪えてるんですよ」

「そう…か…」

「でね、急性膵炎っていうのは膵臓が炎症を起こしてしまうものなので、それを収める為に膵臓を休ませてあげるんです。つまり、絶食です。口から食べ物が入ると膵臓は消化する為に膵液を出すじゃないですか。それを止めなきゃいけないんです。…再発だよな？」

「一度入院して落ち着いたので、指導して食事療法と投薬を」

「うーん。やっぱり先生の言う通りの食事を守って頂かないとね。無添加とかローカロリーとかっていうおやつ、ありますけどね。ゼロじゃないですから」

「だが、先生。ミルは歳だから栄養も必要だろう」

「大丈夫です。まずそうに見えても、療法食というのはちゃんと計算されたものですから。僕としてはですね。歳だからこそ、苦しくないように、痛くないように、出来るだけ長く一緒に暮らせたらって飼い主さんには思って欲しいんですよね」

にこにこ笑って伝える院長先生は、さすがの貫禄《かんろく》だった。多くの獣医師やスタッフを抱えて、二十四時間体制で診察している動物病院の院長っていうのも、頷《うなず》ける。山野さんの旦那さんも、院長先生の説明を受けて、すごく納得出来たようだった。

旦那さんは真剣な顔付きで「そうか…」と呟《つぶや》き、高遠先生を見る。

「……すみません。ミルが喜ぶもんだから…つい…。これからはやめます…」

頭を下げる旦那さんと一緒に、山野さんも「すみませんでした」と詫びる。先生は困った顔になり、自分に詫びるよりも、ミルちゃんに会ってあげて下さいと伝えた。

「昨日よりも元気になりましたから」

「本当ですか？　よかった…」

どうぞ…と先生は二人を案内して、病院内へ戻って行く。それを見ながら、私は院長先生にお礼を言った。

「ありがとうございました。助かりました」

大したことはしてないと言うけれど、山野さんの旦那さんが分かってくれたのは院長先生の話術のお陰だ。物は言い様と言うけれど、同じ内容であっても、伝え方によって軋轢《あつれき》が生じたりもする。高遠先生の場合、それが多いのがネックでもある。

「いや…僕は…」

経験…それに人柄かな。直球過ぎてトラブルを起こしがちな先生に見習って欲しいと思っていると、山野さん夫婦と病院へ入って行った先生が戻って来た。

ドアを勢いよく開けて出て来た先生は、つかつかと私たちのところまでやって来て、

「で」と院長先生に切り出した。

「どうなんですか？」

「え…」

「体調は」

「あー……うん、まあ…元気だよ。元気じゃないけど、元気だ」

院長先生は元気そうに見えるのに、高遠先生が開口一番、体調を気遣ったのが不思議だった。どうして…と思ってわけを聞こうとしたが、その前に、先生が私に尋ねて来る。

「安藤さんはどうして院長と一緒にいたんだ？」

「それは……」

病院の様子を窺《うかが》っていた院長先生を見つけて、不審者かと誤解しかけたところから説明

しようとしたのを、院長先生の咳払《せきばら》いに邪魔される。院長先生は自分が何度も来ていたのを知られたくないようだった。

確かに、会いづらくて隠れていたというのは、院長先生には恥ずかしい事実かもしれない。私が口を閉じると、院長先生は偶然会ったのだと説明した。

「偶々《たまたま》だよ。…ニコラにそっくりな子を見つけたものだから…声をかけたんだ」

「ああ…」

なるほどと頷き、先生は安藤さんの前に屈み込む。安藤さん、いい子だなと一頻《ひとしき》り可愛がってから、「それで」と院長先生に向かって尋ねた。

「院長はどうしてここに？」

「……」

私と一緒にいた理由は安藤さんをだしにして何とか言い訳出来たけど、茜銀座商店街にいたことまではそれでは説明がつかない。しどろもどろになる院長先生を、高遠先生は冷めた目で見て、「別にいいんですけど」と肩を竦《すく》める。

「大丈夫なのか心配してたんで、会えてよかったです」

「……。心配…してくれてたのか？」

「当たり前でしょう」

「……恭輔《きょうすけ》…」

うるっと瞳《ひとみ》を潤ませて、院長先生は高遠先生の名前を呼ぶ。街灯に隠れて様子を窺うだけで、自分から訪ねられなかった院長先生は、自分が気にしすぎていたのだと分かって、気が抜けたようだった。

私も先生が「会えてよかった」と言ったのに、ほっとした。心配していたと自ら口にした先生は、やはり院長先生が恐れていたような蟠《わだかま》りは抱いていなかったのだろう。私もそう思っていたけど、もしかして…という気持ちもあって、密《ひそ》かに心配していた。

よかったですね…。安藤さんに向かって微笑んで、心の中で話しかける。安藤さんも私を見て、頷いてくれているようだった。

そこへ「あっ!」という声が聞こえた。声の主は病院から顔を出した三芳さんで、院長先生を見て、「また来てたんですか」と呆《あき》れたように言う。

「また?」

「この前も来てて…日和にランチ奢《おご》ったりしてたんですよ」

「……」

院長先生が隠そうとしていた事実は、三芳さんの口からあっさりばらされてしまう。同時に、院長先生に話をあわせていた私も、嘘を吐いたみたいな形になってしまい…。

不審げな目で見て来る先生に「違うんです」と弁明しようとしたものの、三芳さんは先生に電話がかかってきていると呼びに来ていたものだから、かなわなかった。更に、患者さんが来てしまったこともあって、先生と三芳さんは早々に院内へ戻って行き、私と院長先生はそのまま帰ることになった。

「今日は…仕事ではないんだね？」

「そうなんです。安藤さんの散歩で偶々…」

本当は山野さんのことが気になって覗《のぞ》きに来たのだが、想定外の展開ながら問題が解決してよかった。院長先生にとっても、こんな再会は驚きだったろうな。安藤さんと地下鉄の駅まで送りがてら、院長先生によかったですねと声をかけた。

「高遠先生に会えて。…院長先生は高遠先生が怒ってて、無視されるかと思ってたんですか？」

だから、自ら訪ねることが出来ないでいたのかと聞く私に、院長先生は恥ずかしそうな表情を浮かべて「まあね」と認める。

「聞いてるかどうか分からないんだが…気まずい別れ方をしたものだから」

「先生はそういうの、気にするタイプじゃないと思いますよ」

「うん。それは…分かってたんだけど…」

それでも会いにくかったのはどうしてなのか。院長先生はしばらく沈黙した後、独り言みたいに呟いた。

「…恭輔に申し訳ないことをしたという自己嫌悪みたいな気持ちがあってね。恭輔はああいう性格だから、気にしてないかもしれないとは思ってたんだが…」

「大丈夫です。先生は気にしてません」

だから、また顔を出して欲しいと言うと、院長先生は小さく笑みを浮かべた。安藤さんを見て、また会いに来るよと約束する。地下鉄のホームへ通じる出入り口に着くと、院長先生は立ち止まって、丁寧に私に頭を下げた。

「これからも恭輔をよろしくお願いします」

「とんでもない…！　お世話になってるのは私の方ですし、三芳さんの方が役に立ってますし…私はただの受付で…」

「いやいや。恭輔は安藤さんを頼りにしてると思うよ」

「……」

ええと…この場合、犬の安藤さんじゃないよね？　ニコラちゃんを知ってる院長先生だけに悩むところで、確認出来ないでいる内に、院長先生は階段を下りて行ってしまった。

「…帰りましょうか、安藤さん」

また明日。出勤したら、先生に本当のことを話して、謝らなきゃいけないな。

そう思っていたのだけど。

「安藤さんがコロッケをあげた相手っていうのは、院長だったのか？」

「……」

翌日。出勤した私と安藤さんが診察室に顔を出すと、先生はいつも通りに安藤さんをわさわさ可愛がりながら、確認して来た。その顔付きが微妙に真剣なものなのは…あの時、コロッケを惜しんでいたからに違いない。

けど、そこじゃないよね？

「そうですけど…」

「もったいないことしたな。あの人は味音痴だから、あんな美味《おい》しいコロッケはもったいないんだ」

そんなもったいないなんて…。昨日は院長先生に助けて貰《もら》ったくせに…と目を眇《すが》めて見てから、気になっていたことを聞いた。人間に興味のない先生が開口一番、体調を気遣ったのが不思議だったのだ。

「そう言えば、先生。昨日、院長先生に体調はどうかって聞いてましたけど、持病でもおありなんですか？」

思い出してみたら、三芳さんも同じようなことを院長先生に聞いていた。私は井関アニマルクリニックで働いてなくて、院長先生とも最近会ったばかりだから知らないけど、井関の皆が知っているような持病があるのかも…と思って聞いてみたのだが。

高遠先生は神妙な顔付きになって、しばし沈黙した後、私の質問に答えた。

「癌で、手術したらしい」

「……」

想像もしていなかった答えに言葉を失くす。だって…院長先生、元気そうだったし…。

いや、元気そうに見えても重病を抱えている人がいるっていうのは分かってるけど…。

癌という病名は私にとってすごく重いもので、息を呑《の》んだままでいると、先生はしまったという表情を浮かべて、つけ加えた。

「癌っていっても、ステージは進んでなかったようで、手術も成功してる。前立腺《ぜんりつせん》癌はあの歳ならよくある…というのも語弊があるだろうが、珍しくはない。治癒率も高い…癌の中じゃ、マシなものなんだ。心配は要らない」

「でも……」

「そんな顔するなよ」

ショックを受けてる私を、困ったように見て、先生は立ち上がる。ふうと鼻先から息を吐き、顰《しか》めっ面《つら》で頭を掻《か》いて、実は院長先生の奥さんから連絡を貰っていたのだと教えてくれた。

「自分が癌になるとは思ってなかったらしくて、随分落ち込んでるから、もしかしたら俺のところに来るかもって電話があったんだ」

「そうだったんですか……！」

だから、先生は開口一番、体調について聞いたのか。もしかして、三芳さんも井関のスタッフさんから聞いて、知っていたのかもしれない。あ、醍醐さんかな？　井関の人は皆知ってるんですか？　と確認した私に、先生は「たぶんな」と答えた。

「その後、醍醐からも聞いて…まあ、今はもう、隠居してるみたいなもんだから、病院の運営にも支障は来さないだろうし、さほど悪い状況ではないと聞いたから、来るまでほかっておこうと思ってたんだ。…まさか、俺に会う前に安藤さんと仲良くなるとは」

「仲良くなんて…！」

コロッケをあげて、ランチを奢って貰っただけだと返すと、先生は十分仲が良いと呆れた。確かに…そうかもしれないけど。

「…院長先生、会いにくかったみたいなんです。申し訳ないことをしたからって言ってました」

「……」

院長先生の息子である、副院長と高遠先生が揉《も》めたことについて言ってるのだろうと推測出来たけど、詳しくは聞けなかった。高遠先生もそれを分かっているようで、嘆息して、顰め面になった。

「変なとこ、デリケートなんだよ。あの人は」

「でも、だからこそ、飼い主さんの気持ちも分かるんじゃないですか。昨日、山野さんの旦那《だんな》さんにしていた院長先生の説明を、先生は見習うべきですよ」

「……。安藤さんは時々、どきっとするほどストレートだな」

「そうですか？」

そんな自覚はないんだけど…。ねえ、安藤さん。同意を求めた安藤さんは「さあ？」と首を傾げてるみたいで、腑《ふ》に落ちなかった。先生に似て来てる？　まさか…ねえ。

犬話休題一

人間の営みには時に大変だと感心するものがある。その中でも特筆すべきものは、やはり入浴だ。人間は毎日、お風呂《ふろ》に入らなくてはいけないのである。

いや、入らなくてはいけない…わけではないのかもしれない。決して義務ではないのだと思う。それでも大抵の人間は毎日入浴する。わたくしの周囲にいる方で、毎日入っていなさそうなのは高遠《たかとお》先生だけだ。

恐らく、先生が特殊なのであって、日和《ひより》さまのように毎日入浴されるのが一般的で、人間の嗜《たしな》みというものなのだろう。対して、わたくしの場合は…。

「あ、そろそろ、シャンプーの予約しなきゃいけませんね」

スケジュール帳を見ながら日和さまが呟《つぶや》かれるのを聞き、わたくしはどきりとする。その気持ちが顔に出たのか、日和さまがわたくしを見て苦笑された。

「安藤《あんどう》さん、シャンプー嫌いですよねえ」

ううう、すみません…日和さま…。嫌いというか…苦手なのでございます。お湯で全身を濡《ぬ》らされるのが…どうしても慣れないというか…。

「申し訳ないんですけど、シャンプーは行って貰わないと。ええと…来週の火曜日がいいかな。空いてるかな」

日和さまが電話されるのは、わたくしが小春《こはる》さまにお世話になって以来、通っているラムールアンフィニというドッグサロンだ。商店街とは反対側へ行った公園近くにあり、わたくしの散歩コースからも近いので、いつも歩いて連れて行って頂く。

「…森下《もりした》ですが…酒巻《さかまき》さんは…。…あ、酒巻さんですか？　こんにちは。安藤さんのシャンプーの予約をお願いしたいんですが……ええと、来週の火曜日で……、…はい。じゃ、十一時で。お願いします」

電話で予約を終えられた日和さまは、わたくしに「火曜ですよー」と言いながら、スケジュール帳に予定を書き込まれる。はあ。火曜日にシャンプーなのですね…。はあ…。

嫌いじゃないけれど、苦手。だから億劫《おっくう》になることというのは、人間にもあるのだと思う。もちろん、犬にもあるのだ。わたくしにとってはシャンプーとか病院とかがその代表的なものであったが、日和さまが高遠先生のところで働き始められてからは、病院は平気になった。

毎日のように通っているからというだけでなく、先生は診察も注射も大変上手でいらっしゃるのでストレスを感じないからだ。

その点ではシャンプーも同じではある。わたくしのシャンプーを担当して下さっている、ドッグサロンラムールアンフィニの酒巻さんは、大変腕のいいトリマーさんであられる。

火曜日。散歩がてらわたくしをドッグサロンへ送られる日和さまは、にこにことしておられた。

「晴れてよかったですね。シャンプー日和ですよ」

確かに…そうですね。わたくしが緊張しているのが分かるのか、シャンプーへ向かう時はいつもにこやかに励まして下さる。

大変有り難いことであり、わたくしも出来るだけ明るい表情…というのが犬にもあるのですよ…を見せているつもりだが、いかんせん、緊張の方が勝って、なかなかかなわない。

ドキドキしたままドッグサロンに到着すると、日和さまは足を止めて、建物を見上げた。白いタイル張りの細長いビルは四階建てで、入り口の前に三台ほど車が停められる駐車場がある。

その端に「L'amour infini」という店名を記した看板が立てられているのだが、日和さまはそれを見て呟かれた。

「ラムールアンフィニってどういう意味なんだろう。フランス語みたいなんだけど…。聞こうと思ってて、いつも忘れちゃうんだよね」

ほほう。フランスという外国の言葉なのですか。いつもお店でその名前をよく耳にしますが、意味が分からず、不思議でおりました。

日和さまが知らないのですから、わたくしに分からないのも無理はありませんね。うんうん…と頷《うなず》いていると、ガラス張りの店内からわたくしと日和さまの姿を確認した酒巻さんが、外まで出て来て下さった。

「こんにちは～。安藤さん～。元気してた～？」

はい。こんにちは、酒巻さん。今日もお世話になります。

掠《かす》れたハスキーボイスで挨拶《あいさつ》なさる酒巻さんは、日和さまと同じくらい、背が高い。いや。酒巻さんの方が高いと、以前日和さまが仰《おっしゃ》っていた覚えがある。酒巻さんはかつてバレーボールの選手でいらしたから、高いのも当然だとも。

「こんにちは。よろしくお願いします」

「お預かりします～。出来たらお電話差し上げますねえ」

「安藤さん、頑張ってね」

は、はい、日和さま。頑張って、シャンプーされます…！

姿勢を正して返事をし、日和さまが帰って行かれるのを酒巻さんと一緒に見送った。いつもシャンプーが終わったら、酒巻さんが日和さまに電話し、迎えに来て下さることになっている。

日和さまの姿が見えなくなると、酒巻さんはわたくしを連れて建物内へ入り、リードを外された。

「安藤さん、ちょっと待ってて下さいねえ。もう少しで前の子のカットが終わりますから〜」

通常、シャンプーに連れて来られた皆さんは、待ち時間がある場合、ケージに入れられる。しかし、わたくしは脱走や暴動、他の皆さんとの喧嘩《けんか》の危険がないと分かっているので、いつも店内で自由にさせて貰っている。

酒巻さんに少し待つよう言われ、わたくしは「了解しました」と返事をし（たつもりで）、邪魔にならない程度に店内を見回ることにした。

ラムールアンフィニには酒巻さん以外に、五名のトリマーさんと、事務や補助作業をなされる方が一名、働いていらっしゃる。一階と二階がトリミングルームで、三階より上はオーナーさんのお家《うち》になっていると聞いている。

一階では酒巻さん以外に二人のトリマーさんが働いてらした。皆さん、わたくしを見知っておいでなので、次々声をかけて下さる。

「あ、安藤さんだ！　シャンプーに来たの？」

はい、そうなんです。酒巻さんの手が空いたら洗って頂く予定なのです。

「安藤さん、おはよう。今日もいい子だね〜」

おはようございます。いつもお褒め頂き、ありがとうございます。

ラムールアンフィニを利用されている皆さんは、確かな血統をお持ちの高貴な洋犬和犬の方ばかりなので、わたくしのような雑種は珍しいのもあって、覚えて頂いているのだ。

その時、シャンプーされていたのも、チワワにトイプードルという方々だった。皆さんがわたくしを見て、「なにあいつなにあいつ知らないんだけど誰あいつ」という勢いで吠《ほ》え始められたので、慌ててトリミングルームから退散して待合スペースの方へ出た。

わたくしは中途半端に大きいので、小さな方々には吠えられることが多い。威圧感を与えているつもりはないが、この大きさがいけないのだろうか。待合スペースにお座りして、ガラス窓越しにトリミングルームを覗《のぞ》く。

酒巻さんがカットされているのもトイプードルで、グレイの毛がふわふわでぬいぐるみのような方だった。なんと可愛らしい。ここなら吠えられないからと安心して眺めていると、出入り口のドアが開いた。

邪魔になってはいけない。慌てて立ち上がり、退こうとしたところ。

「あら、安藤さんじゃないの」

明るい声で呼びかけて下さったのは、ラムールアンフィニのオーナーである、マダムさんだった。

酒巻さんも他のトリマーさんも、「マダム」と呼んでいるので、そういう名前だと思っていたのだが、どうも違うようだと最近分かった。「マダム」というのは高遠先生の「先生」みたいなものらしい。

おはようございます、マダム。今日もお世話になりに来ました。

「いつも素敵ね、安藤さんは。品があって、何より知的よ。素晴らしいわ」

マダムは大変お洒落《しゃれ》な装いを常に纏《まと》っておられるが、今日も輝くような真珠色のスーツである。外したサングラスをバッグに入れ、わたくしの前に屈《かが》んで撫《な》でて下さるマダムからは、大変よい香りがする。

マダムはお金持ちで、犬好きでもあって、店の上のお住まいでポメラニアンやチワワなど、五匹の犬と暮らしておいでだ。トリミングサロンは仕事としてというより、ご自分の犬をいつでもケア出来るようにと、趣味半分で始められたと聞いている。

「小春ちゃんの妹さんにはよくして貰ってる？」

はい。日和さまとは毎日楽しく過ごさせて頂いております。

「小春ちゃんもしばらく会ってないけど、元気かしら」

ええ。今朝も日和さまのスマホでお姿を拝見しましたが、大変お元気そうでいらっしゃいました。マダムのことも気にしておいでてしたよ。

マダムは性格的に日和さまよりも小春さまに似ておられ、お二人は仲が良い。小春さまがマダムを慕っておられる感じだ。共にポジティブ思考なので、気が合うのだと思う。

優雅な手つきながらマダムは撫でるのが上手でいらっしゃるので、うっとりしていると、トリミングルームから酒巻さんが姿を現した。

「あ、マダム～。さっき上島《うえしま》さんがアンジェちゃんを連れて来られた時、マダムに相談があるって仰ってましたよ～」

「あら、そうなの。じゃ、お迎えの時に呼んでくれる？」

「分かりました～。…安藤さん、お待たせしました」

トイプードルのカットが終わった酒巻さんはわたくしを呼びに来てくださったようだった。緊張を隠しつつ、しずしず従おうとしたところ、マダムが「そう言えば」と酒巻さんに話しかけられる。

「小春ちゃんの妹さんって…商店街に出来た獣医さんで働き始めたんですって？」

「森下さんですよね。何言ってんですか～。もう半年くらい経ってますよ」

「そうだった？」

「四月くらいから…ですよねえ？　安藤さん」

はい。そうなのですが…。わたくしは犬なので、こう…頷くにも限界がありまして。

酒巻さんはラムールアンフィニで働いているトリマーさんの中で一番年長で、実質的なお店の責任者でもある。トリマーさんをやっているくらいなので、犬の扱いはプロで、同時に当たり前のように犬に話しかけられる。

わたくしとしては光栄でもあるのだが、いかんせん、犬なので言葉が話せないのが毎度、もどかしい。

「小春ちゃんが妹さんは犬を飼ったことがなくて、一緒に暮らすのも初めてだって言ってたから、動物病院で働いた経験があってっていうわけじゃないのよね？」

「みたいですねえ。確か…ＷＥＢデザイナーをやってたんだけど、会社が潰《つぶ》れちゃって、フリーで仕事を受けてるって話してましたよ〜」

「じゃ、転職した的な？」

「というより、フリーじゃさほど収入にならないって言ってましたから、副業なんじゃ？」

そうなのです、酒巻さん。日和さまの本業であるＷＥＢデザイナーというのは、なかなか厳しいお仕事のようなのです。就職しようにもわたくしがおりますので難しく、歩いて五分の高遠動物病院で働けることになったのは、とても有り難いと日和さまは常々仰っておいでなのです。

なんたって、わたくしも一緒に出勤出来ますから。

「安藤さんも連れて行ってるみたいですよ〜」

「病院へ？」

そうなの？　とわたくしに同意を求めるマダムも、酒巻さんと同じく、普通に犬に話しかけるタイプの方だ。

その通りですとマダムにお答えしながらも、高遠先生は素晴らしい方なのですよと教えて差し上げたいという気持ちを募らせる。全く、犬というのは不便なものだ。「わん」としか口に出来ないのだから。

しかし、高遠先生の評判はマダムの耳にも届いているらしかった（ちょっと違う意味で）。

「たぶん最近、看板が出来たあそこよね。先生がイケメンだっていう」

「そうなんですか？」

「背も高くてすらっとしてて、愛想はよくないけど、塩系なんですって」

はて、塩系…とは…？　ラーメンの味にでもたとえていらっしゃるのですか？

「はあ。ツンデレ系なんですかねえ」

つん…でれ…でございますか。ううむ。つん…でれ……？

お二人の会話の内容が今一つ分からず、悩んでいると、お客様がいらした。マダムがその対応をされ、わたくしは酒巻さんに連れられトリミングルームへ向かう。

ふう。さて、シャンプーでございますね…。

酒巻さんはトリマーとして長く経験を積んでおられ、確かな技術を持っておいでだ。お湯をかけられ、全身を濡《ぬ》らされる苦行に耐えた後には、あわあわで包まれ極上マッサージをして頂ける。

そう分かっているのに、どうしても緊張してしまう…。

「安藤さん、大丈夫ですよ。リラックスです。リラックス」

大型のシャンプー用バスタブの中で、ぴんと四肢を張って立ち、ひたすらお湯をじゃーじゃーかけられるのを耐える。わたくしは犬なので、全身、毛が生えているのだが、それをまんべんなく濡らすには、結構時間がかかるのだ。

しばらくしてお湯が止まると、ようやくあわあわタイムになる。とても高級な匂いのするあわあわと共に、酒巻さんがシャンプーしながらマッサージして下さる。

「力抜いて下さいね〜。どうですか〜気持ちいいですか〜？」

はい。大変、気持ちいいです…。ああ、酒巻さんのような方をゴッドハンドというのでしょうね…（ぐー）。

余りの気持ちよさに、立ったまま寝てしまいそうになり、はっとする。いけない、いけない。今が幾ら気持ちよくても、この後には恐怖のあわあわ流しじゃーじゃータイムがあるのだから、油断するわけにはいかない。

うっかりしていた自分を叱咤《しった》していると、酒巻さんの呟《つぶや》きが聞こえて来た。

「安藤さんも毎日、一緒に行ってるんですもんねえ。疲れますよねえ」

いえいえ。わたくしは専用ベッドで寝ているだけですので。お忙しくて大変でいらっしゃるのは日和さまでございますよ。

「けど、先生がイケメンっていうのは本当なんですかねえ。安藤さん、どうですか？」

どうって…先生がイケメンかどうかですか？　それは…何分、わたくしは犬ですので…人間の顔がどうかというのは…よく分からず…。

「って、安藤さんに聞いても分かりませんよねえ。森下さんに聞いてみようかな～」

申し訳ありません。お役に立てず…。ですが、酒巻さん。日和さまは人間でいらっしゃっても、その辺りは少々鈍い…いいえ、余り気になさらない質《たち》でいらっしゃいますから、返答に困られるやもしれません…。ちなみに小春さまは以前、先生のことを背が高くてかっこいいと仰《おっしゃ》っておいででしたよ。

心の中で酒巻さんに返事しながら、うっとりマッサージタイムを満喫する。犬も犬なりにあちこち凝ったりするので、シャンプーしながらもみほぐして下さる酒巻さんの技に恍《こう》惚《こつ》としていたのだが。

思えば、シャンプーで気持ちいいのはあわあわマッサージタイムだけだ。あとは正直、緊張を伴うものばかりなので、疲れてしまう。全く、これを人間は毎日やっているというのが信じられない。

「さて…じゃ、この辺で流していきますね」

酒巻さんはシャワーを手にすると、それからお湯を出し、わたくしの身体からあわあわを流して下さる。これが実に長い。あわあわを全部なくさなくてはいけないのだから、仕方がないのだと自分に言い聞かせ、じゃーじゃータイムが終わるのを無心で待つ。

危険が間近に迫っている為、目を閉じていることが出来ない、わたくしの犬としての本能が憎い。ぎゅっと目を閉じて、嵐が過ぎるのを待てたなら…。

必死で踏ん張っていると、これだけは思わず目を閉じてしまう瞬間が訪れた。

「ごめんなさい～、安藤さん。ちょっとお顔も洗わせて……そうそう。安藤さんは本当に賢いですねえ。いい子ですねえ」

ううう、ありがとうございます、酒巻さん。大変辛《つら》いですが、酒巻さんのハスキーボイスで褒めて頂けるのは光栄です…。

あわあわを流しながらも、繰り返し励まして下さる酒巻さんの声に助けられつつ、早く終わりますようにとひたすら願っていると、酒巻さんがシャワーを止める気配がした。よかった…ようやく終わった…。

のも、束の間。

「さ、あっちへ移りますよー」

バスタブの中でタオルをかけられ、おおまかに拭《ふ》かれた後は、場所をトリミング台へ移動してブロータイムとなる。わたくしの苦手な掃除機ほどではないが、ブオーと轟音《ごうおん》を立てるドライヤーなるもので、濡れた毛を乾かすのである。

思うに、乾かすくらいなら、濡らさなくてもいいのではないだろうか。鶏が先か卵が先かというくらいの、命題であるのだ。わたくしにとっては。

だが、シャンプーというのは人間と同じ屋根の下で一緒に暮らす上で、必要不可欠な嗜《たしな》みである。日和さまにお世話になっている以上、その意向に沿わなくてはならないのだ。

酒巻さんは熱い空気が出て来るホースをあちこち移動させながら、わたくしの毛を丁寧に拭き、乾かして下さる。

「安藤さんの毛はラブちゃんみたいですよねえ。短毛だけど、意外に抜けるんですよねえ。こういう毛は」

そうなのでございます…。抜け毛の時期になると小春さまを困らせておりましたが、恐らく日和さまも困っておいでかと…。まあ…日和さまの場合、おおらかな性格でいらっしゃるので小春さまほど気にされることはないかとも思いますが…。

「ブラッシングも大事ですけど……安藤さんは丁寧にして貰《もら》ってますもんねえ。いつもぴかぴかですし」

ええ。わたくしのブラッシングは高遠先生がいつも気に掛けて下さるのです。先生は酒巻さんと同じくらい、マッサージもお上手なのですよ。

まだ先生にシャンプーされたことはないのですが、してみたいとも仰っておいででした。先生はとにかく、動物の世話がお好きで…特にわたくしのケアはなんでもしたいという方なので…。

「さて…次は」

ブロータイムが終わると、酒巻さんはわたくしの前脚を優しく持ち上げた。あ、酒巻さん、爪は…。そう言いたいのに言えないのをもどかしく思うわたくしの視界に、酒巻さんが表情を厳しくされる様子が映る。

「……また切られてますね……」

しまったとでも言いたげな顔で呟き、酒巻さんはわたくしの四本の脚を全て確認された。それから、はあと零《こぼ》された溜《た》め息は大きなものだった。

「今度こそ、安藤さんの爪を切りたかったのに〜。また、先を越されましたねえ…」

わたくしの爪を切られたのは…もちろん、高遠先生である。先生は爪切りも得意で、わたくしの様子を毎日見ていらっしゃるから、適切な頃合いを見てケアして下さる。

それが決まってシャンプーの少し前なので（爪というのは伸びてなければ切らないのでサイクルはシャンプーと同じく一定なのだ）、先生のところに通うようになってからは、酒巻さんに切って頂いていない。

わたくしとしては、先生も酒巻さんもお上手でいらっしゃるから、どちらにお世話になっても構わないのだが…。

「悔しい……。上手なのがまた…憎いですよねえ…」

そんな憎いなんて…。

酒巻さんは本気で言ってるわけではないのだが、高遠先生をライバル視しているのは確実なのだ。酒巻さんは犬の世話が好きでトリマーになったそうだから、自分の仕事を奪われてしまったような気持ちになるのだろうか。

いえいえ。酒巻さん。先生にそんなつもりは…。

と、思いかけてはっとする。先生はわたくしを「洗いたい」とも仰っておいでだ。もしも先生がわたくしのシャンプーまでされたら…。

お二人の間に仁義なき戦いが…！

「…足裏の毛も綺麗《きれい》にカットされてますねえ。これ、先生ですよね？」

ええ、そうなのです…。一昨日《おととい》、患者さんが少なかった時間帯に、先生が切って下さいました。

「…バリカンかな…いや、はさみかな」

はさみでございます。先生は器用に…しかも、すごいスピードでカットされるのです。

先生はわたくしだけでなく、患者さんの爪切りもされる。犬も猫も頼まれると密《ひそ》かに嬉《うれ》しそうであるので、たぶん、お好きなのだろう。

そして、それは酒巻さんも同じで。

「安藤さん……今度は私にさせて下さいねえ。爪切り…」

は…はあ。そう言われましても…わたくし、犬でございますから、相手を選べる権利はないのでございますよ…。

恨めしげに見て言う酒巻さんに、苦笑い（が出来るものならそんな感じで）と共に返し、爪切りの何が楽しいのだろうかと不思議に思う。この辺り、きっと日和さまになら同意して頂けるだろう。

シャンプーが済み、耳の掃除も終わり、爪切りも済んでいたので、これで完了かとほっとした。わたくしはトイプードルなどの犬種みたいに毛が伸びるわけではないから、カットは必要ないのだ。

酒巻さん、お世話になりました…と、頭を下げかけたところ。

「じゃ、あとは肛門腺《こうもんせん》を絞りましょうねえ」

「…!!」

そうだった…!!　最後に…難関が待ち構えていたのだ。わたくしとしたことが…。こんな大事をすっかり忘れて、暢気《のんき》にもう終わりだなどと思ってしまうなんて…。

酒巻さん…いえ、もう、結構ですよ…？　あ、そんな……いや、もう…！

犬や猫には肛門腺から出る分泌物を溜めておく肛門嚢《こうもんのう》という器官がある。排泄《はいせつ》する際、自然に出たりもするのだが、犬の場合、それを定期的に絞って出しておかなくてはいけない。溜まりすぎると破裂してしまったりするそうだ。

シャンプーのコースには肛門腺絞りというメニューがあり、酒巻さんがやって下さるのだが、なんというか…もう…。尻尾《しっぽ》を持ち上げて、お尻《しり》の穴の辺りをぎゅっと摘まれるだけで、耳が下がってしまうのだ。

酒巻さんの技術がどうとかいうのではなく、本能的に厭《いや》なのだ…。なので、いつもへこんでしまい、酒巻さんに心配をかける。

「ごめんなさい、安藤さん。そんなへこまないで下さいよ～」

いえいえ、酒巻さん。どうぞ気になさらないで下さい。わたくしの健康の為にして下さってるのだと分かっております故…。

台から下ろして頂き、これで本当に終わったのだと安堵《あんど》する。後は日和さまのお迎えを待つだけだ。酒巻さんから、電話するのでちょっと待ってて下さいねえと言われたので、待合の方へ出て、ガラス窓越しに外を見た。

ふう…。一仕事終えた後に眺める世界というのは、煌《きら》めいて見えますね…。

「安藤さん。森下さん、すぐに来てくれるそうなので、もう少し待って下さいねえ。まあ、お水でも」

ありがとうございます、酒巻さん。頂戴《ちょうだい》致します。

酒巻さんが出して下さったお水を頂き、一心地つく。酒巻さんはトリミングルームの掃除に行かれ、待合のソファで（犬用のものがあるので）待たせて頂いていると、間もなくして日和さまが迎えに来て下さった。

「安藤さん、お待たせしました。あ、綺麗になりましたね！」

そうでございますか？　酒巻さんには今日も大変、お世話になりました。

日和さまに褒めて頂いていると、酒巻さんがトリミングルームから戻って来られた。お二人はお世話になりまして、いえいえ…というような挨拶《あいさつ》を交わされた後、日和さまが料金を支払われる。

「安藤さん、シャンプーリンスと耳掃除と、肛門腺絞りをやりまして…爪切りと足裏カットはしてないんですよ〜」

「そう言えば、先生がやってくれてました」

日和さまはそれを伝え忘れていたのを酒巻さんに詫《わ》びる。酒巻さんは綺麗に切ってあったと話した後、日和さまを窺《うかが》うように見た。

「…あの…もしかして、私の切り方が気に入らないとか……？」

「え…いえいえ、とんでもない！　違いますよ」

「森下さんじゃなくて…先生の方が」

不満があって、だから、自分で切っているのかと心配げに尋ねる酒巻さんに、日和さまは大きく首を振って否定される。わたくしも日和さまと同じ意見で、首を振れるものなら振りたかった（残念ながら犬の首は振れないのだ）。

「先生はそんなこと思うような人じゃありません」

「じゃ…」

「先生はただ好きなだけです。安藤さんが」

シンプルな理由からの行動だと答え、日和さまは続けて、わたくしが先生の飼っていらしたニコラさんに似ているという話をされた。酒巻さんは大きく頷《うなず》かれ、先生がわたくしを特に可愛がられているというのを納得されたようだった。

「だから…！　じゃ、森下さんが動物病院で働き始めたのも、安藤さんがきっかけなんですか？」

「そうなんです。初めて安藤さんの診察に行った時、先生、ワンオペで大変そうだったので…成り行きで手伝い始めたというか。安藤さんといつも一緒にいたい先生に手伝ってくれって言われたのもあるんですけど」

「…そうなんですか…」

　笑顔で日和さまが答えられた内容を、酒巻さんは不思議に思われたようだった。相槌《あいづち》を打たれた酒巻さんが怪訝《けげん》な顔付きで「でも」と口にされかけた時だ。チワワのサファイアさんを抱いたマダムが姿を見せた。

「あら、小春ちゃんの妹さん！」

「こんにちは。お世話になってます」

「いえいえ。小春ちゃんはお元気？」

「はい。今度、帰国した時にはマダムに会えたらと話してました」

「私も会いたいって伝えておいて。そうだ。妹さん、商店街のイケメン獣医さんのところで働いてるんですって？」

「イケメンって……高遠先生がですか？」

　マダムが口にされた「イケメン」という言葉を繰り返した後、日和さまは大きく笑って手を振られた。とんでもない、先生はイケメンじゃないですよー…と日和さまがマダムに話されるのを聞きながら、酒巻さんがわたくしに向かって、そっと呟《つぶや》かれる。

「…もしかして…森下さんは…鈍いんでしょうかねえ…」

　はっ…!!　どうして、それにお気づきになったのですか、酒巻さん…っ。

「どんなに安藤さんが昔飼ってた犬に似てたって…森下さんを気に入ってなきゃ、手伝ってとか言いませんよねえ?」

な、なんと…! 酒巻さんはトリマーとして優秀なだけでなく、人を見る目もお持ちでしたか…!

そうなのです、そうなのです、酒巻さん。わたくしも同じように思っておりました。なのですが、先生と日和さまは揃《そろ》ってだめだめなのですよ。ああ、焦《じ》れったい。わたくしに言葉が話せたら…。

先日のコロッケのことや、院長先生に高遠先生との関係を聞かれたときのことや…あれやこれやを酒巻さんにお伝えして、お二人をうまくいかせるにはどうしたらいいか、相談出来るのですが。

ああ、何故、わたくしは言葉が話せないのか…(犬だからなのですが)。

「…さ、安藤さん。行きましょうか。酒巻さん、ありがとうございました。マダムも」

「小春ちゃんによろしくね」

「こちらこそ、ありがとうございます。また来月ねえ、安藤さん」

お店の外まで見送りに出て下さったマダムと酒巻さんに別れを告げ、日和さまと共に帰路に就く。日和さまは歩き出してすぐに、明るく笑ってわたくしに話しかけられた。

「安藤さん、聞きました? 先生、商店街ではイケメン獣医で知られてるらしいですよ。あんなに無愛想なのに。驚きですよねえ。…え…? あれ? 安藤さん? なんで、そんな冷めた目で……？」

どうしたんですか？　と聞かれても、わたくしとしては溜《た》め息しか返せないのですよ、日和さま。イケメンがどうとかはどっちでもいいのですが、とにかく、お二人がもう少し互いを意識される日が早く来ることを願うばかりなのです。はあ。

二話

火曜と木曜を除いた出勤日は、大体同じ時間に家を出る。勤務は九時からなので、ちょっと早めに着くように八時四十分から四十五分くらいにはマンションのエレヴェーターに乗って一階へ下りている。

そうやって決まった暮らしをしていると、自然と顔見知りが出来る。

「あ、おはようございます」

「おはようございます。安藤《あんどう》さん、おはよう」

一階に着いたエレヴェーターから降りようとすると、顔見知りに会って挨拶した。同じマンションの住人である四十くらいの女性は、名前は聞いてないけど、毎日のようにエントランス付近で顔を合わせる。

人間同士では名乗りあわずとも、犬の名前は聞くというのが犬好きというものだ。女性も前に犬を飼っていたとかで、何度か挨拶した後に、犬の名前を聞かれた。安藤さん、という名前に、大抵の人が驚いた後に笑うのだけど、住人の女性も同じだった。

「今日もお仕事？　偉いわね」

　腰を屈《かが》めて安藤さんに話しかけてくれる女性には、動物病院で働いていて、安藤さんも一緒に出勤していることを伝えてある。散歩に行くのかと聞かれた時に、仕事に行くのだと話したのだ。

「涼しくなって来たから助かるわよね。気をつけて」

「ありがとうございます」

　見送ってくれる女性に礼を言い、安藤さんと共にマンションのエントランスを出る。いつも私たちが出かける時に、女性は部屋に戻る為にエレヴェーターに乗るようなのだが……。

「お仕事帰りってわけじゃないみたいなんですけどね」

　いつもラフな格好で、鞄《かばん》などは持っていないから…ゴミ捨てかもしれないけど、ほぼ毎日同じ時間っていうのが疑問だ。

　安藤さんと一緒に首を傾げつつ病院を目指す。てくてく歩いて商店街の通りに出る角を曲がると、高遠動物病院《たかとおどうぶつびょういん》という看板が見え、その下にある病院のドアが開くのが分かった。

「あ…」

　出て来たのは見覚えのあるペットカートで、安藤さんと顔を見合わせてから、小走りで近づく。

「おはようございます」

「あ、おはようございます。安藤さん、おはよう」

私と安藤さんを見てにこやかに笑い、挨拶してくれるのはチョコちゃんの飼い主である前畑《まえはた》さんだ。重い病気で通院しているチョコちゃんは、ほぼ毎日、朝早い時間帯に診察に来ている。

今日ももう終わったのかなと思って、前畑さんが押しているペットカートの中を覗《のぞ》くと。

「…あれ？　チョコちゃんは…」

そこにいるとばかり思っていたチョコちゃんの姿がなく、不思議に思って前畑さんに尋ねる。前畑さんは神妙な顔付きになって、「実は」と説明した。

「ちょっと親類に不幸がありまして。遠方なものですから、今晩、先生にチョコを預かって貰《もら》うことになったんです」

「そうなんですか」

じゃ、チョコちゃんは病院にお泊まりってこと？　何処まで行くのかと聞いた私に、前畑さんは金沢《かなざわ》だと答える。

「妻の実家があちらなんです」

「北陸ですよね。ええと…飛行機で？」

「いえいえ。今は新幹線で行けるんです。随分楽になりましたよ」

それでも遠いには違いない。お気をつけてと伝えた後、チョコちゃんの心配はご無用ですとつけ加えた。

「先生だけじゃなく、皆で見守ってますから」

「ありがとうございます。明日の…夜になってしまうかもしれませんが、迎えに来ますので」

よろしくお願いしますと頭を下げ、帰って行かれる前畑さんを見送ってから、院内へ入る。すると、待合室と受付のスペースとを区切っているドアの向こうにチョコちゃんが座っているのが見えた。

たぶん、前畑さんが帰ってしまうのが不安で、様子を窺っていたのだろう。安藤さんと共に近づき、チョコちゃんに声をかける。

「チョコちゃん、大丈夫だよ。お父さんもお母さんも明日には迎えに来るからね」

「…お、安藤さん」

私たちが来た気配に気付いたのか、診察室から先生が顔を出した。チョコちゃんを預かることになったと教えてくれようとした先生に、病院の前で前畑さんに会って、話を聞いたと伝える。

「そうか。…安藤さん、チョコが明日までいるから、よろしくな」

先生が診察室から持って来たバスタオルを重ねて安藤さんのベッドの横に敷くと、チョコちゃんは少し匂《か》いを嗅いだ後、よいしょといった感じでその上に座る。気に入った様子なのを見て、ほっとした。

「チョコちゃん、元気になりましたよね」

「そうだな。ここのところ安定してるな」

チョコちゃんがうちへ来た時、身体を起こすのもやっとで、見ているのも辛《つら》かった。もしかしたら夏を越せないかもと、少しだけ思ったりもしたけど、何とか乗り切り、最近はゆっくりだけど歩き回る元気もある。

治る病気ではないと分かっているけど、調子がいいのは嬉《うれ》しい。バスタオルの上で丸まったチョコちゃんを先生が優しく撫《な》でる様子を見ながら、環境の変化で調子を崩させないように気をつけなきゃと気を引き締めた。


十時になると三芳《みよし》さんが出勤して来て、チョコちゃんがいるのを見て、私と同じように喜んだ。受付スペースの奥に置いてある安藤さんのベッドの横に座ったチョコちゃんは、安藤さんと一緒にまったりしている。二匹は仲良しだし、自宅ではないストレスもさほど感じてないようで、ひとまず安心だ。

「チョコちゃんも安藤さんもおとなしいから助かるね。うちの五右衛門《ごえもん》だったらこうはいかないよ」

「ゴエちゃんは賑《にぎ》やかだもんね」

三芳さんは五右衛門という名前のミニチュアシュナウザーを飼っていて、昨日も定期健診で連れて来ていたのだけど、盛んに吠《ほ》えていたのを思い出して苦笑する。

ミニチュアシュナウザーは元々使役犬であり、警戒心が強く、少しのことでもすごく吠える。知らない人を見ても、犬を見ても、とにかく吠える。安藤さんよりも年上で、おじいちゃん犬なのに、元気いっぱいだ。

その五右衛門と比べたら、チョコちゃんはとても平和なお客さんだ。気ままに動くので、危うく踏んでしまいそうになるのを気をつければいいくらいで。

「井関《いぜき》でもこういうお預かりみたいなのはやってるの？」

「井関はペットホテルがあるからね」

「動物病院なのに？」

「動物病院ってトリミングサロンとペットホテルを常設してるところ、多いよ」

してないところの方が少ないくらい…と三芳さんから聞いて、驚きながら納得した。そりゃ、ただのホテルよりも、先生のいる…常駐していないにせよ…ホテルの方が安心に決まってる。

「トリミングのついでに健康診断とか。ホテルでお預かりついでに診察とか」

「一石二鳥的な」

なるほど～。便利だなあと感心していると、出入り口のドアが開く。入って来たのは二十代後半くらいの若い女性で、腕に焦げ茶色のトイプードルを抱いていた。

見覚えのない人だから初診だろう。問診票を用意する私の横にいた三芳さんが声をかける。

「おはようございます。どうされましたか？」

「あの…できものみたいなのが出来てるのに気付いて…診て欲しいんですが」

「分かりました。こちらは初めてですよね？」

まず、問診票を記入して欲しいと三芳さんは飼い主さんにお願いする。問診票が挟んであるバインダーを受け取る為、飼い主さんがトイプードルを下ろそうとした時だ。

再び出入り口のドアが開き、今度は男性が入って来た。

「美咲《みさき》…」

飼い主の女性に呼びかける男性は彼女の連れのようだったのだが…。

「…！」

「…！」

男性を見た私は硬直し、私に気付いた男性の方も固まる。

マジか…とお互いの顔に書いてあったと思うんだけど、それに気付いたのは三芳さんだけで、トイプードルの飼い主さんは見えていないようだった。

「ごめん、これ書かなきゃいけないから、あずきを持っててくれる？」

「…ああ。…あずき、おいで」

飼い主さんに頼まれ、慣れた手つきでトイプードル…あずきちゃんという名前らしい…を受け取った男性は、私からすっと視線を外して待合室の椅子へ向かう。私もそれとなく顔を背けて、新しいカルテを用意したりしていたのだが…。

目敏《めざと》い三芳さんが見逃すはずもなく。

「……」

手元にあった付箋《ふせん》のブロックにささっとメモして私に見せて来る。そこにあった「元カレ？」という文字に思わず息を呑《の》む。どうして分かったんだろう。さすが三芳さん…と感心して、神妙に頷《うなず》いた。

ごまかす必要もないし…と思って認めたんだけど、三芳さんは目を丸くして、付箋を捲《めく》って次の質問を書く。

今度は「いつの？」という問いで、頷くだけじゃ答えられなかったので、私も付箋を剥《は》がして答えを書いた。

大学、という二文字を見て、三芳さんは深く頷き、更に何かを書こうとしたところ…。

「あの…」

「は、はい？」

「ワクチンって、他の病院で打ったことあるんですけど、どういう種類とか分からないんですが…」

「だったら、書かなくて大丈夫です。打ったことはあるんですよね？」

「はい」

問診票に必要事項を書き込んでいた女性の方が質問に来て、そのまま受付のカウンターで記入を続けたので、私たちの筆談は途中で終わった。三芳さんが対応してくれている間に、そっと待合室の方を見てみると。

トイプードルを抱いた男性…三芳さんにも説明した、「元カレ」の富沢将生《とみざわまさき》は意識して、受付の方から顔を背けているようだった。困った雰囲気がするのは、彼女にバレたくないからなんだろう。

それに…別れ方を考えると、当然だとも思える。私自身、何でもない顔で「元気だった？」なんて聞ける余裕はない。まさか、こんな再会をするなんて。心の中で大きな溜《た》め息《いき》を吐き、仕事に集中しようと自分に言い聞かせた。

問診票の記入が終わると、三芳さんは患者であるトイプードルのあずきちゃんと、二人を診察室へ案内した。同じ空間から将生がいなくなると、思わず力が抜け、息を吐く。

するど。

「……」

なんだか視線を感じて下を見ると、安藤さんとチョコちゃんが揃って私を見ていた。え…え、何ですか？　二人とも。いや、人ではないから、二匹なんだけど、やけに人間くさい視線に感じられる。何か言いたげなのだが…。

「…すみません…、安藤さん。大丈夫ですから…」

たぶん、私の動揺が伝わって心配しているのだろうと思ったので、笑みを浮かべて平気だからと伝える。チョコちゃんにも「大丈夫ですよー」と話しかけて、問診票を見てカルテや診察券を作成する。

トイプードルのあずきちゃん、年齢は三歳。飼い主さんは草野《くさの》美咲さん…となってる。

ということは、あずきちゃんは草野さんの犬で、二人は結婚してるわけじゃないのか。住所からすると、地下鉄の駅よりも北側に住んでいるようだった。

あずきちゃんはこれまで大きな病気とかはしたことないみたいだけど…。

「…できものって言ってたよね…」

今までも同じようにしこりが出来たと言って診察に来る患者さんはいた。場合によっては詳しい検査が必要で、重い病気の場合もあると聞いている。草野さんの連れて来たあずきちゃんは元気そうだったし、調子が悪い雰囲気はしなかったけど、心配だ。確か場所は首の辺りで……。

「……」

いつもなら覗《のぞ》きに行くところであっても、将生がいると思うと躊躇《ためら》いが生まれる。あとで三芳さんに聞こうと決めて、仕事に戻ろうとすると。

「きゃー!!」

「!?」

診察室から高い叫び声が聞こえ、反射的に立ち上がっていた。女の人の声で……三芳さんじゃないから、草野さんだろう。何かあったのかと慌てて診察室へ向かう。

「どうした……」

「あー日和《ひより》。安藤さんとチョコちゃんは向こうに」

診察室のドアを開けて尋ねかけた私に、三芳さんは安藤さんたちを入れないように指示する。連れて来た覚えはなかったんだけど、足下を見れば、二匹が一緒に来ていた。いつもは特に指示されないので、何か意図があるのだろうと考え、安藤さんとチョコちゃんを受付の方へ戻して、再び自分だけ診察室へ向かう。

診察室では、叫び声をあげた草野さんに、高遠先生がいつもながらの仏頂面で説明していた。

「…元々はこれくらいなんですが、血を吸うとさっきの大きさになるんです」

「…む、無理…。ごめんなさい…私、虫とか、本当に苦手で…」

先生が差し出してる銀色のトレイから顔を背ける草野さんの顔は蒼白《そうはく》になっていて、本当に苦手なのだと分かるけど…虫？

できものを診察しているとばかり思っていたので、虫という言葉は全く想定外だった。

三芳さんにそっと近づき、「虫って？」と聞くと、処置用の作業台に置かれていた別のトレイを見せてくれる。

「マダニだよ」

「……」

マダニって……ええと、ノミとか、ダニとかっていう、あの？

銀色のトレイの中央には直径一センチくらいの丸くて茶色っぽい色の虫がいた。初めて見たけど、こんなに大きいんだと驚く私に、先生が手に持っていたトレイを差し出す。

「これがもとの大きさだ」

「え……同じ…ダニなんですか？」

驚いて確認したのは、個体差では片付けられないくらい、大きさが違っていたからだ。

先生のトレイには、ぱっと見た感じでは虫かどうかも分からないくらいの大きさの…黒い胡麻《ごま》みたいなものが幾つか載ってるんだけど…。これが同じ…生き物？

「ダニじゃなくて、マダニだ。ダニだったらもっと小さい。0・5ミリくらいかな」

「マダニの方が大きいんですね」

「ああ。本来はこれくらいの…2～3ミリの大きさなんだが、宿主の血液を吸うと、こっちの大きさになる」

「じゃ、できものっていうのは…」

「これが皮膚に食いついてるのをイボなんかと勘違いして受診するケースが多いんだ」

「す…すみません…。手を洗って来てもいいですか？　私、できものだと思って触っちゃったから…」

「触ったくらいでは何ともありませんよ」

「無理なんです。生理的に」

とにかく手を洗いたいと訴える草野さんを、三芳さんが処置室の手洗いへ案内する。先生は草野さんと一緒に来ていた将生に、「で」と尋ねた。

「この子…あずきですが、ノミ・ダニの予防薬は投与してますか？」

「…すみません。分かりません。俺の犬じゃないので…」

将生が困った顔で答えると、先生は仕方なさそうに頷き、あずきちゃんを見る。あずきちゃんは他の犬たちと同じく、先生のことが好きで堪《たま》らないようで、尻尾《しっぽ》を思い切り振っていた。

「よしよし。じゃ…もう一回、確認するか」

そう言って、先生はあずきちゃんの耳や顔の周りを丹念に観察していく。他にもダニがいないか確認しているらしく、安藤さんやチョコちゃんを入れないように言ったのも、マダニのせいだと分かった。

間もなくして戻って来た草野さんに、先生は将生に向けたのと同じ質問をする。ノミ・ダニの予防薬について聞かれると、草野さんは青い顔のまま首を横に振った。

「そういうのは特に…家の中で飼ってるから大丈夫だと思って」

「家の中と言っても、散歩は行くんですよね？　最近、公園とか…草むらとかに行ったりしませんでしたか？」

「あ…バーベキューに連れて行きました。一週間くらい前ですけど…」

郊外の山間部にあるキャンプ場で…と聞いた先生は「それだ」と呟《つぶや》き、三芳さんは肩を竦《すく》める。マダニというのは山や河原の草むらなどにたくさん潜んでいて、犬に寄生するのだという。

「多くのマダニに寄生された場合、貧血を起こしたりするんですが、それよりも問題なのはマダニに噛《か》まれた際にその唾液《だえき》からウィルスや菌に感染して、重い感染症にかかる可能性性があることです。バベシア症…ライム病…日本紅斑《こうはん》熱…他にもありますが、最近、問題視されているのはSFTSです」

「SFTSって…ニュースなんかで見たことありますけど、人間の病気なんじゃ…?」

うろ覚えだったけど、山でダニに噛まれると危険って、報道されていた気がする。先生は頷き、「重症熱性血小板減少症候群」というのだと教えてくれる。

「犬猫は症状が出ない場合がほとんどだとされていたが、発症した犬猫から人間へ感染したという事例も報告されている。まだ有効な治療法が見つかっていないし、致命率も高い。西日本での発症例がほとんどで、関東はまだ感染地域とはされていないが、用心しておいた方がいい」

なるほど…。人間にとっても怖いんだな…マダニって…。先生は黒胡麻《ごま》みたいなマダニが載っているトレイを三芳さんに渡し、草野さんにあずきちゃんの現状を伝える。

「あずきは今のところ、熱もありませんし、食欲もあるようですから、取り敢《あ》えず、様子をみましょう。ぐったりしていたり、嘔吐《おうと》や下痢が見られたり、食欲不振などがあったらすぐに連れて来て下さい。何もなければ、一週間を目安に再度受診して下さい。現段階で目視で確認出来たマダニは取り除きましたが、駆除薬を投与して残っているマダニを落として…検査もして確認したいので」

「あの、シャンプーとかは…洗ったら落ちたり…」

「それよりも駆除薬の方が有効だと思います。自宅に帰ったら、あずきのベッドとか…いつもいる場所なんかを掃除して、マダニが残ってないか見て下さい」

「すぐにします」

真剣な顔で頷《うなず》いた後、草野さんは不安げな顔であずきちゃんを見る。あずきちゃんはトイプードルらしい陽気な性格みたいで、飼い主さんと目が合うと、嬉《うれ》しそうに尻尾を振っていた。

「それから、飼い主さんもマダニに噛まれていないか確認しておいて下さい。今話していたSFTSだけじゃなくて、ライム病、野兎《やと》病、日本紅斑熱、Q熱…ダニ脳炎などの感染リスクがありますから。もし、症状が出て受診した場合には、マダニに噛まれたことを医師に伝えて下さい」

「私も病気になるってことですか？」

「…噛まれてるんですか？」

「分かりません」

「噛まれなければ…リスクは下がりますけど、あずきの方は感染してるかどうかは現段階では分かりませんから、今後次第というところでしょうね」

あずきちゃんも草野さんも、症状が出なければ大丈夫だと先生は言ったけれど、草野さんの表情は不安げなままだった。先生はその様子を見て、そんなに心配するのに、どうして予防薬を投与していなかったのかと、正面から聞いた。

「ノミやマダニに関しては、多くは予防薬の投与で防げます。そういった説明を病院で受けませんでしたか？」

「…でも…バーベキューも初めて…」

「バーベキューだけじゃなくて、たとえば、公園のドッグランとかでも危険性はあります。予防薬で完全に防げるわけじゃありませんが、犬が安全に暮らせるようにするのは飼い主の最低限の義務です」

「……」

「それに感染症はあずきだけじゃなく、自分の身にも危険が降りかかります。犬を飼うならば病気の知識も身につけて、きちんと対応するべきです」

強い調子で言う先生は、相変わらず、動物が第一で、草野さんの表情が硬くなっているのに気付いていないようだった。先生は間違ったことは言ってないし、以前よりも辛辣《しんらつ》な物言いは抑えられている。

それでも、どうしても先生の対応はきつく受け取られがちだ。この前、院長先生がしてたみたいな相手の心を摑《つか》むような説明が出来れば…とやきもきしていたら、ふと、将生の様子が視界に入った。

草野さんの少し後ろで腕組みをして、困った顔をして見ている。そんな姿を目にしたら、昔の思い出が蘇《よみがえ》って来て、居たたまれない気分になった。これ以上、余計な感情がうまれないうちに…と思い、診察室を出て受付へ戻る。

受付では安藤さんとチョコちゃんが心配げな顔で私を出迎えてくれた。

「心配かけてすみません。大丈夫ですよ」

二匹を安心させるように声をかけ、椅子に座って仕事を再開する。マダニかあ。安藤さんの散歩コースには公園もあるし、木々や草もある。もちろん、予防薬は投与してるけど、大丈夫かな…と、書類の整理をしながらも余所事《よそ》を考えてしまっていた。

そうしてる内に診察室の方から声が聞こえて来る。間もなくして、草野さんとあずきちゃんを抱いた将生が現れた。帰ろうとする草野さんに声をかけ、作成してあった診察券を渡す。

「こちらが診察券になります。お大事に」

「…ありがとうございます」

草野さんはむっとした顔付きのまま、取り敢えずといった感じで礼を言い、さっさと病院を出て行った。やっぱり怒ってるのかな。その後をついていった将生は、ドアから外へ出る直前、振り返って私を見た。

「……」

目が合ったけど、どういう反応をすればいいか分からず、戸惑う。頭を下げるのも笑うのも、何だか違う気がする。困った気分で固まっていると、将生はすっと視線を外して出て行った。

「……」

なんていうか…もやもやする。何だろう…これは。首を傾げたい気分で椅子に戻りかけたところ、三芳さんが診察室から駆け戻って来た。私を見るなり「で？」と聞く。

「…で…って？」

「大学の時の元カレって…同じ大学だったの？」

ああ、その話かと苦笑し頷いた。続けて「歳も同じ？」という質問にも頷いた。

将生と私は同じ美大のデザイン科で学んでいた。入学して早い時期に知り合い、ずっと友達だったんだけど、三年の夏に同じ会社へインターンに行ったことがきっかけで親しくなって、つき合い始めた。

そんな過去を思い出していると、ついブルーになってしまい、表情が曇っていたらしい。

三芳さんは私の変化に気付き、心配そうに聞く。

「厭《いや》なことでも思い出した？」

「ううん。そういうわけじゃ…ないんだけど」

と、答えつつも、自分の顔付きが硬いという自覚はあった。やだな、もう。何年も経ってるんだし、向こうには彼女もいて、すっかり終わった過去なのに。将生だって、今日、会うまで私のことなんてすっかり忘れていただろう。

「久しぶりに会って、どきっとしたから…。全然連絡取ってなくて、まさかこんなところで会うなんて思ってもなくて」

私だけじゃなくて、将生の方も相当驚いたはずだ。よもや私が動物病院で働いてるとは、想像もしてなかったに違いない。

「どれくらい振り？」

「大学を卒業して以来だから…六年くらいかな」

「じゃ、その前に別れてたってこと？」

「うん。一年…くらい付き合ってたかな。四年の夏に別れたから…」

将生と最後に会ったのはいつだったのか、思い出してみたけど、正確な記憶は出て来なかった。私は結構、ギリギリまで就職が決まらず奔走していたのもあって、卒業制作の提出も危なくて、相当追い詰められた生活をしていたから、将生だけじゃなくて他の友人たちと会う暇もなかった。

あの頃もきつかったなあ…と遠い気分になる私に、三芳さんは別れた理由を聞きたそうにしてたけど、切り出せないでいるようだった。私の方からも話す気分になれず、沈黙が流れてる内に出入り口のドアが開き、患者さんが入って来た。

二人してぱっと仕事モードに切り替え、再診の患者さんから診察券を受け取り、カルテを出す。三芳さんは患者さんから話を聞きながらも、その横顔には後ろ髪を引かれてるような表情が残っていた。

その後も患者さんが途切れず、三芳さんと話す時間が持てないまま、午前中の勤務時間が終わった。三芳さんに後を任せ、チョコちゃんに挨拶《あいさつ》して、安藤さんと病院を出る。マンションへ向かって歩きながらも、私の様子がおかしいのを安藤さんは気にしてくれていた。

「……あ…すみません、安藤さん。何でもないんですよ？」

安藤さんが窺《うかが》うように私を上目遣いで見ながら歩いているのに気付き、慌てて謝る。安藤さんに気遣わせてどうするの…と自分を反省し、気分を切り替えて明るく振る舞う。お腹空《す》きましたね～お昼何にしましょう～と話しかけつつも、将生の顔が脳裏から消えなかった。

家に戻り、玄関のドアを開けて、中へ入ると、つい溜《た》め息が零《こぼ》れた。安藤さんがまたしても困り顔になるのを見て、「ごめんなさい」と謝ってしゃがむ。安藤さんのリードを外して、足を拭《ふ》きながら、「色々あるんですよ、人間って」と愚痴を零した。

「はあ…」

まさか、今頃になって、しかも病院で将生と再会するなんて思ってなかった。元気そうだったし、彼女もいて、一緒に犬も飼ってて…。よかったよね…と自分の心に話しかけてみると、そうだねという相槌《あいづち》が素直に返って来る。

そんな反応が出来る自分は、あの頃よりは大人になれてる気がした。そりゃそうだ。あれから六年。もう二十八になるんだから。

「六年って…長いですもんね」

六年も経てば、子供だったら成長して、すっかり容姿が変わっていてもおかしくない。二十代の六年は子供時代ほど影響を及ぼさないだろうけど、それでも成長はするものだ。決して安穏ではなかった…会社が倒産するという終わり方も含めて…勤め人時代の経験は、私を打たれ強くしてくれたはずだ。そう信じたくて、安藤さんに話しかける。

「安藤さん…。大丈夫ですよね？」

唐突な問いかけにも、じっと私を見つめていた安藤さんは、「もちろんですよ！」と全肯定してくれる（ように見えた）。ありがとうございます、安藤さん。安藤さんがいてくれて、本当に助かります。

翌日は出勤日ではなかったので、朝から本業であるＷＥＢ関係の仕事を片付けた。昼過ぎになって、小腹が空《す》いたので何か食べようと思って冷蔵庫を開けたが、すぐに食べられそうなものはなく、朝食用のパンを切らしているのにも気付いた。

「安藤さん。ちょっと買い物行くんで、付き合ってくれませんか」

私の声を聞き、ベッドで寝ていた安藤さんは「分かりました！」とばかりにむくりと起き上がり、伸びをする。財布とスマホを入れた鞄《かばん》を持ち、玄関へ向かう安藤さんに続く。

安藤さんにリードをつけて外へ出ると、とてもいいお天気だった。

「暑くもないし、いい感じですね。ついでに散歩行きましょうか」

そうだ。総菜パンとかを買って、公園で食べようかな。そうしよう…と決め、商店街へ向かう。目指したのは、高遠先生にコロッケパンが美味《おい》しいと教えて貰《もら》ったパン屋さん…タマキパンという店名なのが分かった…だ。

やっぱコロッケパンかな。甘いのも欲しいから…もう一つ何か買おう。シナモンのフレンチトーストが美味しそうだったなと考えながら、タマキパンに向かっていると。

「安藤さん！」

「…！」

ふいに先生の声がして、驚いて振り返る。嬉《うれ》しそうに駆け寄って来た先生は、脇目も振らずに安藤さんの前にしゃがんでわしゃわしゃと可愛がる。

「よしよし、安藤さんはいい子だな。格好いいな、賢いぞ。今日は会えないかと思ってたのにラッキーだな！」

「先生、何してるんですか？」

「え…いや、腹減ったから…」

コロッケパンを買いに行くところだと聞き、私もだと伝える。そうだ。コロッケといえば…。

「先生、この前の…『みさわ』さんのコロッケ、買いました？」

「安藤さんが買って来てくれたやつか？　いや、まだ…」

「じゃ、ついでに買いに行きませんか？」

ここからなら先に「みさわ」に行ってコロッケを買って戻ってくれれば、タマキパンでコロッケパンも買える。コロッケにコロッケパンってくどいような気もするけど、コロッケ大好きな先生は、嬉しそうな顔になって頷《うなず》いた。

私から安藤さんのリードを受け取り、先生はご機嫌で歩き始める。安藤さんと一緒に歩けるだけでしあわせだと、聞かなくても分かるような雰囲気は、こっちも嬉しいような気分にさせられる。

「患者さんは一段落したんですか？」

「今日は午後から手術が入ってるんで、受付をストップしてる。手術の前に仲本《なかもと》が弁当を食べるっていうんで、俺はパンを買いに出て来たんだ」

そう言えば、そんな予定が入っていたと思い出しながら、先生の話に頷く。

三芳さんが働き始めてから、高遠動物病院では去勢手術などの簡単な手術を受け付け始めた。これまでも手術は適宜、醍醐《だいご》さんに手伝って貰っていたのだが、醍醐さんの都合次第なのでどうしてもという場合以外は受けられなかった。

でも、三芳さんは手術のサポートも出来る人なので、今は大抵木曜日の午後をオペ日としている。昼で診察を終え、三時までに三芳さんの手伝いが必要なことを済ませ、診察は夜に再開するような感じだ。

「忙しいようなら連絡下さいね。すぐに手伝いに行きますから」

「大丈夫だ」

なあ、安藤さん…と話しかける先生を、安藤さんはにこにこ顔で見上げて頷く（ように見える）。けど、手術があるなら、病院で一緒にってわけにはいかないな。やっぱり最初の予定通り、安藤さんの散歩コース途中にある公園で食べようかなと考えている内に、「みさわ」が見えて来た。

「先生、あそこです」

「ああ。思ってたより近いな」

元々精肉店だから、お肉が入っている冷蔵ケースも並んでいる。その中身をしげしげ見ている先生に、コロッケを売ってるのは隣の総菜コーナーだと教える。

「先生、コロッケはこっちです…」

「あら、いらっしゃい。安藤さんも……ああ、先生ですか」

その時、「みさわ」の奥さんが私と安藤さんに気付いて声をかけて来た。先生はいつものご当地Tシャツ…今日はりんご王子という文字とりんごのイラストがデザインされたものだ…に、医療着のズボンにサンダルという格好だったが、奥さんは見かけたことがあると言ってたし、すぐに分かったようだった。

先生は軽く会釈し、私が指さしたコロッケを見る。他にもヒレカツやチキンカツ、メンチカツなんかも並んでいるのを見て、眉《まゆ》を顰《ひそ》めた。

「コロッケ以外にもあるのか…」

「食べ応《ごた》えのあるものなら、チーズチキンカツがお勧めですよ」

奥さんからそう勧められた先生は、迷わずそれを二枚とコロッケを三枚注文した。コロッケパンも買いに行く予定なのに、多くないですかと言う私に、晩ご飯にも食べるという。

それなら納得だけど…。

「揚げ物だけだと栄養が偏りますからね」

私も大した食生活ではないので、人のことはとやかく言えないが、たぶん先生よりはマシだと思う。絶対、揚げ物だけでお腹を膨らませる気だ…と確信して注意する私に、先生は栄養は十分に取れると反論する。

「そういう意味じゃなくて…」

「日和」

突然、背後から名前を呼ばれてどきりとした。昨日、久しぶりに聞いたばかりのこの声は…。

「……」

振り返った先には将生がいて、一緒にいる先生を見て軽く頭を下げる。先生は昨日会っているはずなのに、将生の顔をすっかり忘れているようで、微《かす》かに怪訝《けげん》そうな表情を浮かべた。

先生が人間の顔や名前を覚えられない人だというのを知らない将生は、その反応が意外だったらしく、困った顔になる。

「あの…昨日、病院で…」

「あずきちゃんの飼い主さんですよ」

「…ああ。トイプードルの」

案の定、犬の名前はちゃんと覚えていて、私が説明すると先生は大きく頷いた。けど、どうして将生がここにいるのか。

そう思ってから、自分に「何言ってんの」と突っ込みを入れる。昨日、草野さんが書いた住所はこの近くのものだったのだから、彼氏である将生が通りかかるのは不思議じゃない。

それに私が越して来てからまだ日は浅く、二人がその前からこの辺りを生活圏にしていた可能性は高い。今まで偶然会わなかっただけなのかもしれない。そんなことを高速で考えていた私は、ある事実に気がついてはっとする。

そうだ…。三芳さんには「元カレ」だと説明したけど、先生にはしていない。将生が私を名前で呼んだのに気付いただろうか。先生にも「元カレ」だと紹介した方がいい…？　どうしよう…と葛藤《かっとう》したものの、先生は人間関係などに興味はないらしく。

「すみません、追加でメンチカツも一枚」

「はいはい。他はいい？」

私と将生から顔を背け、奥さんとやりとりして、会計を済ませる。ほっとした気分で、私もコロッケを三枚頼んだ。代金を支払った私に包みを渡すと、奥さんは将生に「何にします？」と聞いた。

「あ…ええと、コロッケを…」

将生も買い物に来たようで、注文をし始めたので、目だけで挨拶して、先生と安藤さんと共に歩き始める。あーびっくりした…。彼女と一緒に病院へ犬を連れて来て、住所も近所だったのだから、こういう偶然は予測出来たはずなのに…。

私も先生のことが言えないくらい、鈍いところあるからなあ…と反省していると。

「日和」

「…！」

再び将生の声がして、びっくりする。えっと息を呑《の》んで後ろを見た私に、将生は「ちょっといいか？」と聞いた。

ちょっといいか…と言われましても。ええと…。私はコロッケパンを買いに行かなきゃいけないし…先生と一緒だし…。どう答えたらいいか惑う私に、先生は。

「先、行ってるぞ」

そう短く言って、さっさと歩き始めた。

気を遣った…わけじゃないと思う。先生はそんな真似が出来る人じゃない。午後からの予定が控えているし、コロッケパンも買わなきゃいけないし、お昼も食べなきゃいけないから、時間的な余裕がさほどないという事情を、単純に計算したのだろう。

それに、そもそも私と将生の関係など、先生は興味がないに違いない。私は複雑な心境で先生の背中から将生へ視線を移して、「何？」と聞いた。

冷たくしたつもりはない。ただ、私と将生は久しぶりに会ってにこやかに話せるような別れ方ではなかったのだ。厳しい状況にあった自分を思い出すと、複雑な感情がわき上がって来る。

ぎこちない対応になってしまうのを将生も理解してくれているのか、戸惑いを浮かべつつ、特に用があるわけじゃないのだと答えた。

「…元気かなって思って」

「うん、元気だよ。将生も…元気そうだね」

「ああ。…あんなところで働いてるって…思わなかった」

あんなところっていうのは、動物病院を下に見て言ってるのではなく、全く違う職種だから驚いたという意味なのだろう。

美大を卒業後、将生は広告代理店に、私は何とか見つけたIT系の企業に就職した。就活に苦戦し、ぎりぎりで拾って貰った会社はブラック企業で、更に倒産してしまったわけなのだが、将生はそれを知っているようだった。

「会社、大変だったみたいだな。倒産したって聞いて驚いて…。前からやばい話とか、出てたのか？」

「私の方には聞こえて来なかったんだけど、営業とかの人は分かってたみたい」

「そうか…。けど、どうして動物病院で？」

理由を聞かれても、一言では説明出来なくて…まあ、強いて言えば成り行きなんだけど…「色々あって」と濁す。安藤さんの面倒を見る為に引っ越して来たことから言わなきゃいけないし、フリーで仕事を始めたものの、順調とは言い難い感じで…というのも、余り話したくなかった。

そんな私の気持ちは、将生には違った感じで伝わったようだった。

「…もしかして…付き合ってるとか…？」

「……」

なんか、最近、この手の誤解多くない？　言葉に詰まった私を見て、将生は慌てて謝る。

「ごめん。違うんだ？　ただ…余りにも違う職種だったから…、そういうのがあるのかなって思って」

「違うよ。先生は…ただの雇い主で…。将生こそ…、一緒に住んでるの？」

あずきちゃんの飼い主と…とまでは言わなかったけど、意図は伝わっただろう。将生は曖昧《あいまい》な感じで頷き、「まあな」と答えた。

やっぱり今まで会わなかったのは偶然だったんだろう。これからはこんな感じで出会《でくわ》すこともあるんだって覚悟しておかなきゃ…。覚悟っていうのは大げさか。

将生にとっての私は学生時代にちょっと付き合った相手で、私にとっての将生だって同じだ。お互いが引きずってるわけじゃない。昨日はどきりとして動揺したりもしたけど、少し話してみただけでも、余計な感情抜きで客観的に考えられているのが分かって、ほっとした。

ところで、あずきちゃんの調子はどうなんだろう。様子がおかしくなければ一週間後に再診するよう、先生は勧めていたけど。

あずきちゃんを心配して体調を聞こうとした私に、将生は意外なことを言い出す。

「そっか。付き合ってないならよかった」

「…どうして？」

「え？　だって、日和にはあわないだろ。あの人、厳し過ぎじゃないか？　美咲も怒ってたからさ」

美咲…あずきちゃんの飼い主で、将生の同棲《どうせい》相手の彼女が怒っていたというのは、私も何となく気付いていた。帰り際、明らかにむっとした顔でいた彼女を思い出し、複雑な心境になった。

確かに…先生は厳しいところがある。けど、それは動物の扱いに問題があると判断した飼い主さんにだけだ。予防薬を飲ませてなかったのは自分なのに、言い方がきつかったから怒るっていうのは…どうなんだろう。

「厳しいってのとは違うと思うよ。予防薬はやっぱり大事だし…。そりゃ、先生はちょっときつく聞こえる言い方をする時もあるけど…、動物のことを考えてのことだから」

「だとしても、もっとソフトに対応した方がいいだろ。獣医も過当競争でサービスが重視されてるって聞くけど？」

「それは…」

当たってる。私自身、先生にはもっと愛想よくして、事実であっても厳しいことを余りストレートに言わないように、ことあるごとに言ってるけど…。

でもさ。それと私にあうとか、あわないとか。関係なくない？

「……」

なんでそんなこと、言うのかな。理解出来ずに思わず沈黙する私に、将生は慌てたように「ごめん」と謝った。謝られることではなくて、困った気分で何か言おうとするけど、言葉がスムースに出て来ない。

こんなぎくしゃくした会話、面倒だなと思っていると、将生は手に持っているコロッケが入った袋をちょっと持ち上げて、「ここ、美味《おい》しいよな」と話題を変えた。

「…そうだね」

「あっちにある、タマキパンって知ってる？」

「…うん」

「カレーパン、うまいよ。今度、買ってみて」

コロッケパンじゃなくて？（三芳さんは焼きそばパンだけど）遅れて頷《うなず》いた私に笑いかけ、「じゃな」と言って将生は背を向ける。

「……」

去って行く姿を見ながら、将生のことを何も聞かなかったなとぼんやり思った。相変わらず、あの会社で働いてるんだろうか。こんな平日に商店街でコロッケ買ってるってことは…フレックスみたいな？（昨日も病院について来てたし）

ぼんやり想像してみたけど、私には関係ないと思ってやめた。それより…。私もコロッケパンを…と思ったところで、はっとする。

「……！」

安藤さん！　しまった…！

リードを預けていた先生が安藤さんをそのまま連れて行ってしまったのに気づき、慌てて駆け出したのだが…。

「…っ…!?」

視界の端に入った人影にはっとし、動きを止めて振り返る。すると、そこには…正確には道端の街灯の陰なんだけど…先生と安藤さんが縦に並ぶ感じで立っていた。

目を丸くして見る私に、先生は仏頂面で説明する。

「…パン屋へ行こうとしたんだが、安藤さんを返してないのを思い出して、戻って来たんだ」

「……」

なのに、先生が声をかけずにいたのはどうしてなのかと考えた時、将生と話していた内容を思い出した。もしかして、先生は将生との話を聞いてたのだろうか。

どこから？　全部？

「先生…」

「…仲本が待ってるだろうから、俺はもう帰るな。安藤さんを頼む」

「あ、はい」

「また明日な、安藤さん。いい天気だから、散歩に連れてって貰《もら》えよ」

先生はいつも通りで、私にリードを預けて、安藤さんに名残惜しげな挨拶《あいさつ》をする。それから、コロッケやチーズチキンカツなんかがたくさん入った白いレジ袋を揺らして、病院へ戻って行った。

将生と話していた中で、先生に対して失礼な発言はなかったはずだった。そもそも、先生を庇《かば》うことはあっても、貶《けな》したりすることはあり得ない。だから、聞かれていたとしても構わないのに、何故だかどきどきがとまらなくて、その場からしばらく動けなかった。

安藤さんがお座りする気配で我に返った私は、慌てて「すみません」と詫《わ》びて、遅れたけれど散歩に行きましょうと声をかける。結局、タマキパンには寄らず、安藤さんと一緒に商店街を離れて、散歩コースにある公園へ向かった。

よく晴れているから、公園には小さな子供を連れたお母さんたちや、ご老人たちが多く出て来ていた。私と同じように、昼食を取ろうと立ち寄ったサラリーマンの姿もあちこちに見える。

歩道から少し離れたところにあるベンチが空いていたので、そこに座り、安藤さんはベンチの横でお座りをする。袋から出したコロッケを囓《かじ》ると、やっぱり美味しくて、しあわせな気分になった。

「やっぱり『みさわ』のコロッケは最高ですね。先生が買ってたチーズチキンカツも美味しそうでしたよね。今度、買ってみないと」

さくさくの歯触りを楽しみ、ほのかに甘くてほくほくのじゃがいもを味わう。あっという間に一枚を食べ終え、二枚目を出しながら、隣で姿勢よくお座りしている安藤さんを見た。

「…安藤さんも先生と聞いてたんですよね？　どこから聞いてました？」

答えられないと分かってるのに、つい尋ねて、安藤さんを困らせてしまう。本当に困った顔になる安藤さんって、絶対、話が通じてると思うのだ。

「安藤さんが話せたら、教えて貰えるんですけどねえ」

けど、全部聞かれてたとしても、大したことじゃない。先生も詮索《せんさく》するような人じゃないから、気にする必要なんかないのに。

なんだか落ち着かないのは…。

「先生…、聞きませんでしたね…？」

あずきちゃんの飼い主（正確には同棲してる彼女の犬だけど）だと説明した将生が、どうして私の名前を呼んで、更に話があると持ちかけたのか。先生は不思議に思わなかったんだろうか。

将生のことを覚えてなかったのは、まあ、先生だからあり得たとしても、知り合いだったのか？　とか、聞いてもおかしくないのに。

「…全然、気にしてないんでしょうね」

なんたって、高遠先生だしな。私と将生が話していた内容どころか、私のこともどうでもいい…という言い方はあれだけど、興味ないに違いない。

二枚目のコロッケを食べ終えると、さすがに飲み物が欲しくなり、そのまま三枚目を食べるのはやめておく。安藤さんもお水を飲みたいだろうし、「帰りましょうか」と促して立ち上がった。


翌日、出勤すると待合に患者さんはいなくて、診察室にいた先生に挨拶すると同時に、チョコちゃんについて聞いた。一泊二日でお泊まりしていたチョコちゃんは、昨日帰ったはずだった。

「ああ。昨夜、前畑さんが迎えに来た。喜んでたぞ。元気に帰って行った」

「体調崩したりしなくてよかったですね」

「そうだ。前畑さんが土産をくれて…」

受け取った袋ごと、スタッフルームに置いてあると聞き、中身を確認しておきますと返事する。そのままスタッフルームを覗《のぞ》くと、テーブルの上に紙袋が載せてあった。

中身はきんつばに豆菓子で、先生に確認して、休憩の時のおやつにすることにした。患者さんがいなくても仕事は色々あって、掃除やリネン類の洗濯なんかをしてると、患者さんが続いてやって来た。

その対応に追われてる内に十時近くなって、三芳さんが出勤して来る。二人で仕事を分担し、ようやく落ち着いた時には昼を過ぎてた。患者さんが途切れたタイミングを見計らって、三芳さんが「よし」と切り出す。

「お昼にしよう」

「あ、スタッフルームにチョコちゃんの飼い主さんから貰ったお菓子があるから。よかったら食べて」

「今日は日和の分もお弁当作って来たんだよ」

「えっ？」

一緒に食べようと誘う三芳さんの目的はすぐに察せられた。一昨日《おととい》、三芳さんは将生についての話を「もっと聞きたい！」というオーラを全身から発していたんだけど、業務が途切れなくて全然話が出来なかったのだ。

行動力溢《あふ》れる三芳さんは、診察室にいる先生に二人でお昼を食べると伝えに行く。患者さんが来たら対応してくれるように頼んで来たと言う三芳さんに、私はスタッフルームへ半ば強引に引っ張って行かれた。

自分のロッカーからお弁当の包みを二つ取り出した三芳さんは、片方を私に渡す。いつも私は帰ってから食べているので、飲み物以外持って来ていない。三芳さんお手製のお弁当を礼を言いながら受け取り、二人で向かい合わせに座る。

「美味しそう…！　三芳さん、料理上手だよね」

「で。どうして別れたの？」

「……」

唐揚げ、玉子焼き、ミニトマト…色合いよく、栄養バランスを考えて作られたお弁当を見て喜ぶ私に、三芳さんは鋭く切り出す。ははは…と乾いた笑いを漏らし、面白い話じゃないよと前置きする。

「浮気？」

「…ではないんだけど」

「自然消滅みたいな？」

「というわけでもなくて…」

まずは付き合うことになった経緯から話さなくてはならず、「長いよ？」と前置きする私に、三芳さんは真面目な顔で頷いた。

「…知り合ったのは大学入ってすぐで…ずっと友達だったんだけど、三年の夏かな、同じ会社にインターンに行ったのがきっかけでつき合い始めて…」

「インターンって…見習いみたいな感じで働くやつ？」

「そうそう」

経験がないという三芳さんに簡単に説明しつつ、昔のことを思い出していた。将生と一緒にインターンに行った広告代理店は人気企業で、インターン希望者も大勢いた。書類選考で運良く残り、参加出来ることが決まった時は、すごく嬉《うれ》しかった。

「その時、うちの大学からインターンに行ってたのは私と将生だけで…協力することも多くて、長い時間一緒にいたから。…二人とも就職出来たらよかったんだけどね」

「え…もしかして…」

まさかと表情を硬くする三芳さんに、苦笑して頷く。インターン期間、それなりにやれてたつもりだったし、会社の人とも顔が繋《つな》げて、うまくいってる気がしていた。夏休みが終わってからの学祭は、将生と付き合っていたこともあって、すごく楽しかった。

将生は友達が多かったし、優しくて気遣いも出来るので、誰からも好かれた。その彼女ってことで、私も交友関係が増えて、世界がすごく広がったように感じた。

「将生はその会社から早々と内定貰えたんだけど、私は駄目で。結局、不採用通知を貰っちゃって…」

でも。

「なんで？　一緒にインターンってのに行ってたなら…」

「インターンに行ったからって採用に有利だとは決まってないんだよ。ただ、私と将生を比べて、会社としてどっちを取るかってなったら、将生の方が将来性も見込めて使えるって判断だったんだと思うよ」

社会人として過ごして来た今なら、そういう選択の存在も必要なのは理解出来る。でも、あの頃はどうしてと絶望的な気分になった。それに…。

「バカな話なんだけど、私、すっかりその会社に行けるつもりでいて…他の就活してなかったんだ。落ちてから慌てて始めて…あちこち受けたんだけど、全部落ちて…。将生のせいじゃないのに当たっちゃうとかあって…それで」

「別れたってわけか」

そりゃ仕方ないね…と頷《うなず》く三芳さんは、私と将生の間に気まずい雰囲気があるのを納得したようだった。私も出来れば大人の態度でいたかった。将生にも心から「よかったね」と内定を喜んであげたかったし…。

当時、友達の一人から、インターン先が一緒の相手と付き合うのはリスキーじゃないかと言われたことがある。別れた時は、その言葉がしみじみ染みた。

「私…就活って、本当に向いてなくて…。前の会社が潰《つぶ》れた時も、フリーでやっていこうってなったの、就活無理って思ったからで。三芳さんは…就活とかは？」

「私、大学行ってないし。高卒でトリマーの専門学校行ったんだけど、働いた方が早いって思って、すぐに辞めちゃったんだ。で、見習いみたいな感じでトリミングサロンで働き始めて…そこから動物看護師やってみたいなと思って、どうせなら大きいところでバリバリ働こうと思って井関で、見習いから始めた」

「そうなんだ」

三芳さんらしいし、三芳さんにはその方が向いてる。自分で切り開いて行く方が絶対、性に合ってるだろう。

だから、就活というのがよく分からないのだと言う三芳さんに、私にとって就活は辛《つら》かったのだと説明する。

「第一志望に落ちて、自信失くして。就活って、『御社のこういうところに惹《ひ》かれました！　私はこういうことが出来ます！　是非雇って下さい！』的なことを言わなきゃいけないんだけど、不採用貰った私に何が出来るんだろうとかネガティブになっちゃって。それにそんなに行きたい企業じゃなくても、就職しなきゃいけないからって理由で受けてると、やっぱり相手に伝わるみたいで」

「就活はさ、大学とかみたいに、浪人とか出来ないの？」

「うーん…出来るんだろうけど、難しいと思うよ」

そっか…と頷き、三芳さんは「大変だったんだね」と神妙に呟《つぶや》く。私は三芳さんが作ってくれたお弁当に入ってる唐揚げをもぐもぐ頬張り、「それで」と続ける。

「やっと内定貰《もら》えた時には秋になってて…卒業制作とか、全然手つかずで、必死でやって…将生とも別れたきりで卒業して…就職して……、再会した感じ？」

「じゃ、本当に久しぶりだったんだ？」

そうそう…と頷き、おかずの横に詰められているご飯を食べる。ふりかけがかかったご飯の間にはおかかと醤油《しょうゆ》をくぐらせた海苔《のり》が挟んであった。小さなサプライズが嬉しくて、しかも美味《おい》しい。

「…三芳さん、ほんと、料理上手でいいね」

「まあ、取り敢《あ》えず主婦だしね。じゃ、元カレが今何してるかとかは…」

知らないのかと聞く三芳さんに頷いてから、はっとする。そうだ。もしかして、三芳さんが…。

「三芳さん、先生に…将生の話、した？」

「元カレって話？　したよ」

だからか。昨日、先生が将生が私の名前を呼んでも不思議そうじゃなかったのは、三芳さんから聞いていたからなんだ。最初は誰か分からないようだったけど、あずきちゃんの飼い主だと言われ、三芳さんの話を思い出したのかもしれない。

なるほどと納得する私を見て、三芳さんは「まずかった？」と聞く。

「ううん……」

そうじゃないと答えようとしたのだが、外から話し声が聞こえて来て、言うのをやめる。患者さんかな。お弁当はまだ半分くらい残っていたけど、診察室へ通すくらいならすぐに出来る。

お弁当箱の蓋《ふた》を閉め、立ち上がって「ちょっと見て来るね」と三芳さんに断る。口の中のものを飲み込んで、スタッフルームのドアを開けて受付へ出ると。

「あ……」

「あ……」

「……」

将生と高遠先生がカウンターを挟んで対峙《たいじ》していた。

なんで将生が……？　怪《け》訝《げん》に思ったものの、その腕にはあずきちゃんが抱かれていて、診察に来たのだと分かる。一昨日一緒に来たあずきちゃんの飼い主である将生の彼女…草野さんの姿はない。後から来るのかなと出入り口の方を窺《うかが》いつつ、将生にどうしたのかと聞いた。

先生は診察室から出て来たばかりのところだったらしく、将生はあずきちゃんを診て貰いに来たのだと説明した。

「ちょっとお腹が緩くて。調子悪かったら、診せた方がいいって言われてたから」

あずきちゃんの調子が悪いと聞いた先生は、さっと顔付きを変えた。すぐに診察するので、どうぞと将生を促す。戸惑った表情を浮かべる将生に、あずきちゃんを連れて先生について行くように言う。私は預かった診察券を確認し、あずきちゃんのカルテを用意してから後を追いかけた。

「最後の便はいつですか？」

「…今朝…十時くらいです。昨夜も緩くて…また同じ感じだったんで、取り敢えず診て貰おうかと思って連れて来ました」

「便は持って来てますか？」

「え…いや。捨てました…」

診察室に入ると、先生はあずきちゃんの熱を測りながら、将生に質問していた。下痢の場合、便の内容を顕微鏡で確認したりもするので、持って来たかと聞かれた将生は、驚いた顔で首を横に振る。

続けて、どれくらい緩かったのかと確認され、どろっとした液体に近い状態だったと返した。

「色は？」

「確か…黄色っぽかったです」

「……熱はありませんね。元気もあるようだし…」

診察台に載せられたあずきちゃんは先生の顔が近くで見られるのが嬉しくて堪《たま》らないというように、尻尾《しっぽ》をぶんぶん振っている。元気はあって、そこは安心なんだけど。

「食欲は？」

「いつも通りです。朝も食べました」

他の症状は見られず、元気も食欲もあるあずきちゃんを、先生はしばらく様子を見ると判断したようだった。今の段階ではダニからの感染症であるかどうかは診断がつかず、下痢の状態としても、ひどくはないと将生に伝える。

「水状の便を頻繁にするとか、嘔吐《おうと》も伴うような状態になったら、すぐに連れて来て下さい。今日は整腸剤を出しますので…」

「あの…」

「何か？」

説明していた先生に、将生が「実は」と切り出す。その顔は緊張したものになってて、どうしたんだろうと思っていると。

「あの後、彼女に聞いてみたら…あずきはノミとかダニの予防薬だけじゃなくて、ワクチンとか、そういうのも打ってないらしいんです…」

「！」

「……」

でも、ワクチンについては問診票に記入して貰ったはずで…。でも、あの時…と思い出していると、三芳さんが診察室に入って来た。将生がいるのに驚いてる様子だったが、何も言わずにすっと先生の傍に立つ。

「ワクチンというのは混合ワクチンのことですか？　でも、確か問診票で……、安藤さん。そこのあたりにあるはずだから探してくれないか」

「あずきちゃんの問診票ですね」

私が用意したカルテに問診票が挟んでなかったらしく、先生の指示を受けてすぐに探し始める。すぐに見つかり、先生に手渡すと、将生がじっと見ているのに気がついた。

「…？」

何だろう？　不思議に思ったけど、緊迫感流れる診察室で話しかけることも出来ず、諦《あきら》めた。将生の方も先生からの質問に答えなくちゃいけなくて、すぐに私から視線を外す。

「…確かに…接種時期も種類も不明とありますね。打ってないなら、正直にそう答えてくれればよかったんですが」

「嘘を吐いたつもりはないと思うんです。どうも、ペットショップで買って来た後に、一度打って、それで済んだと思ってたみたいです」

「ワクチンは一年に一度、接種が必要です」

「そうなんですよね。一昨日《おととい》、先生に言われて…ネットとかで調べたら、そう書いてあったみたいで…。余計に心配になって、病院に行きたいけど、怒られるのが怖いって言うんで、俺が連れて来ました」

怖いという彼女の気持ちを伝えられた先生は、いつもの仏頂面に神妙な表情を混ぜて、「そうですか」と相槌《あいづち》を打った。少しへこんでいるようにも見え、可哀想にも思うけど、先生にとっては課題の一つでもある。

何でもソフトにお客様第一主義みたいな感じでやって欲しいとまでは思わないけど、将生も言ってた通り、過当競争な業界でもあるから。怖いと言われて沈黙してる先生に代わって、三芳さんが「もしかして」と続けた。

「ワクチンって、狂犬病も打ってないとか…」

「らしいです」

「じゃ、登録も？」

していってこと？　思わず口を挟んでしまった私に、将生は無言で頷《うなず》いた。同棲《どうせい》を始めた草野さんがあずきちゃんを連れて来るまで、犬と一緒に暮らしたことはなかったという将生は、狂犬病に関してワクチンの接種義務があるのを知らなかったと告白する。

「犬の世話って、ご飯と散歩と…他はシャンプーに連れて行って、カットしなきゃいけないくらいだと思ってたんだ」

高遠動物病院で働き始めるまで、私も犬を飼うことについての知識はほとんどなかったから、将生がそう考えていたのは納得出来る。

将生は続けて、先生に疑問をぶつけた。

「でも、狂犬病とかって日本じゃ流行《はや》ってないから打たなくてもいいって書いてあるのをネットで見たりしたんですけど…。どうなんですか？」

「確かに、国内由来の発症例は六十年以上ありませんが、周辺国ではまだ発生してるので、いつ国内に入って来てもおかしくないんです。狂犬病は恐ろしい病気で、感染すると犬もヒトも発症した場合、ほぼ百パーセント死亡します」

「百パーセント…なんですか」

怖い病気だとは聞いてたけど、そこまでとは思ってなくて、思わず声に出してしまう。

将生も驚いたらしく、息を吞《の》んでいた。

「それにワクチンによる集団免疫を成立させるには、接種率が七十〜七十五パーセントを上回らなければならないのですが、日本では流行していない病気だから大丈夫だろうという考えの人がいることで、実際の飼育頭数に対する接種率は五十パーセント程度と見られています。これでは、もしも狂犬病が国内で確認された場合、流行が防げない可能性が高く、飼い主さんには必ず打って欲しいとお願いしています」

「そうなんですね……」

犬の飼い主には、狂犬病の予防注射だけでなく、住んでいる場所の保健所への届け出も法律で義務づけられている。登録がしてあると、春に行政から集団予防接種に関するお知らせが届くのだ。

同じ時期に動物病院でも予防接種が始まるので、春は稼ぎ時の繁忙期でもある。私もそれがきっかけで高遠動物病院で働くことになった。

あずきちゃんもかかりつけの病院で、そういうお知らせを受けたりしなかったんだろうか。

「狂犬病のワクチンはいつも春が接種時期なんだけど、獣医さんでお知らせとか見かけなかったのかな？」

「あずきは元気だったから、飼い始めた頃に連れて行ったきり、病院に行ったことがなかったらしいんだ」

そうか…。病気になって初めて病院の必要性が分かるって、人間でも同じだよね。先生は私に答えていた将生に、「じゃ」と切り出した。

「うちでワクチンを打つってことでいいんですか？」

「はい。出来れば…お願いします」

「分かりました。じゃ…狂犬病ワクチンの接種と登録をしたいんですが、あずきはまず体調を安定させないといけないので。薬を飲ませて…調子が戻るようであれば、一週間後にもう一度連れて来て下さい」

「分かりました。あの、犬って、薬を普通に食べるんですか？」

「その子によります。警戒心の強い子なんかは食べないので、…おやつに混ぜてあげてもいいです。それも食べないようであれば、口を開けて入れて下さい」

口を開けて入れる…という意味が分からなかったようで、将生は首を傾げる。先生は見本を見せる為に診察台の上であずきちゃんをお座りさせ、上顎《うわあご》を掴《つか》んで上へ持ち上げるようにして口を開いた。

「…こうして、開けた口の奥に薬を入れて…閉じて、上を向かせてやると飲み込みますから」

「噛《か》まれたりしませんか？」

先生は簡単にやってみせるけど、自分には難易度が高そうだと将生は不安げだった。確かに口の辺りを持つのは躊躇《ためら》われる。あずきちゃんはおとなしいし、大丈夫だと思うと、先生は答えた。

「手早くやるのがコツです。あと、出来た後、褒めてやる」

実際に薬を飲ませたわけじゃないけど、実演に付き合ったあずきちゃんを、先生は大げさなまでに褒めていた。あずきちゃんも嬉《うれ》しそうで、先生にぴょんぴょん飛びついている。

犬はとにかく褒めて下さい…と真剣な顔で言う先生に、将生は神妙に頷《うなず》いた。

「今はまだ若いから体調を崩すことも少ないですけど、年齢を重ねて来ると薬をあげなきゃいけない機会も増えて来ますから」

人間と同じで、若くて元気な時ばかりじゃないのだ。それに犬や猫は私たちよりも歳を取るスピードが速い。

「ワクチンや予防薬だけじゃなくて、先々のことも見据えて、定期健診も考えて下さい。あずきと最後までちゃんと付き合うつもりで。お願いします」

「…はい」

あずきちゃんは将生の犬ではないけど、懐いているし、こうやって病院にも連れて来るくらいなのだから、大切に思ってるのだろう。真面目な顔で頷く将生に、先生は薬を用意するので少し待って欲しいと言った。それから。

「安藤さんと仲本は戻っていいぞ。俺だけで大丈夫だ」

私と三芳さんに休憩に戻るよう勧める。確かに後は薬の用意と会計だけだから、私と三芳さんの出番はない。でも、知り合いだけに何となく戻りづらいなと思ってると、将生が「なあ」と話しかけて来た。

「何？」

「もしかして…日和、結婚したのか？」

「…!?」

なんでそんなことを今聞くの？　意味が分からず、怪訝《けげん》な顔付きになる私に、将生は理由をつけ加える。

「安藤さんって呼ばれてるから」

そうか。先生が私を「安藤さん」と呼ぶのを聞いて誤解したのだと分かり、苦笑して「違うよ」と首を振った。安藤さんというのは犬の名前で、先生は人の名前を覚えるのが苦手だから、犬の名前で呼ばれているのだと…説明すべきだったんだけど、分かって貰《もら》えるかなと不安になって躊躇《ちゅうちょ》してしまう。

なので。

「…色々あって…あだ名みたいなものだよ」

「あだ名…？」

困り果てて口にした言い訳を、将生は不思議そうに繰り返す。「安藤さん」って普通は名字だから。私も安藤さんの名前が「安藤さん」だと聞いた時、意味が分からなかったものだ。

それが更に人間の呼び名になってしまっているのだから、ややこしさが倍増している。

困り果てて、「色々あるんだよ」と繰り返した。

将生はまだも怪訝そうだったけど、先生と三芳さんがいたせいか、それ以上は聞いて来なかった。先生の用意が出来て、薬の説明や会計に話が進んだせいもある。支払いを済ませると、将生はあずきちゃんを連れて診察室を出て行く。私もその後に続き、預かった診察券を返す為に受付へ戻った。

「調子が戻らないようならすぐに連れて来てね」

「ああ。そう言えば、ここの診察時間って何時まで？」

診察券に書いてなくて、やってるかどうか心配だったと言う将生に、基本的にいつでも診察を受け付けているのだと答える。

「いつでもって…休みは？」

「先生がいる限り診てるから。手術とかが入ってると、時間をずらして貰わなきゃいけないかもしれないけど」

診察時間の制限も休みもないと聞いた将生は驚きながらも、有り難いと答えた。今週は偶々《たまたま》休みだが、夜遅くしか来られない時もあるからと将生が話すのを聞き、フレックスというわけじゃないんだなと思った。

「まだ東通にいるんだよね？　仕事、忙しい？」

「ああ。まあ…ぼちぼち。今はちょうど一段落したところで…波がある感じだな」

「そっか。頑張ってね」

一緒にインターンに行ってた会社だから、業務内容は大体分かる。活躍してるんだろうなと想像しながらも、不思議と羨《うらや》ましいという気持ちは湧いてこなかった。自分が大人になったからというよりも…たぶん、高遠動物病院で働けていることが影響している気がした。

もしも…先生のところで働いてなくて、フリーの仕事だけをしていたのなら、忙しく働いているという将生を羨んでいたはずだ。私だって…あの時…という考えに縛られ、悶々《もんもん》としていたかもしれない。

それがないのは、今の環境に満足しているからで…。

「あ！」

「…？」

受付横のドアを開けて送り出そうとした時、将生が声をあげた。受付から出て来た安藤さんを見て、質問して来る。

「その犬って、病院で飼ってるのか？」

先日、受診した時も安藤さんはいたし、昨日は高遠先生が連れているのを目にした将生は、病院の犬だと誤解しているようだった。違うよ…と首を振り、私が飼ってる犬だと返す。

「日和が犬？」

「本当はお姉ちゃんの犬なんだけど」

「あれ…お姉ちゃんって、ミニチュアダックス、飼ってなかったっけ？」

付き合っていた時、将生は姉にも何回か会っていて、姉が当時飼っていたミニチュアダックスフントのココアのことも知っている。そうだったのだけど、病気で亡くなってしまい…と話すと、将生は表情を曇らせた。

「そうだったんだ…。ごめん、知らなくて…」

「ううん。…で、その後に保護犬だったこの子を引き取ったんだけど、旦那《だんな》さんが海外赴任になっちゃって…、お姉ちゃんたちのマンションで私が面倒を見てるの」

「そうなんだ。名前は？」

「……。安藤さん」

私が教えた名前を、将生は「安藤さん？」と繰り返して首を傾げる。

「さっきも『安藤さん』って…」

「…実は『安藤さん』っていうのは、この子の名前で…先生、人間の名前が覚えられないタイプなんだよ。犬の名前は覚えられるから、それで私のことも『安藤さん』って…」

「覚えられないって…一緒に働いてるのにか？」

う。確かにそうだよね。正面から突っ込まれるとフォローのしようがなくて言葉に詰まる。更に。

「それに犬の名前で呼ぶってどうなの？　まあ、『安藤さん』ならいいけど…俺だったら『あずき』って呼ばれるわけだろ？　あり得なくない？」

「……」

だとすると、三芳さんは「五右衛門」？　う～ん…。客観的に考えると変なのか、やっぱり。私は「森下《もりした》」だと何度も訴えたけど、先生が覚えてくれる気配はなくて、もう無理だとすっかり諦《あきら》めていたんだけど…。

それに…。

「…呼び方なんて何でもいいよ」

「そうか？」

「それより。あずきちゃん、早くよくなるといいね。うちの先生、厳しく感じるかもしれないけど、親身になって診てくれるから」

大丈夫だと彼女にも伝えて欲しいと言うと、将生は小さく笑って「分かった」と言った。

それから、私の隣でお座りしている安藤さんに、あずきちゃんと一緒に「またな」と挨拶《あいさつ》して、病院を出て行く。

出入り口のドアが閉まると、「ふう」と息を吐いた。なんか、変な気の遣い方して疲れてしまった…と思い、ぼんやりドアの方を眺めていると視線を感じた。

下を見れば、安藤さんが心配そうに上目遣いで見ている。しまった。溜《た》め息なんて吐いてたら気になりますよね。

何でもないですからね～と笑って取り繕い、そう言えば三芳さんは…と思い出して振り返ると。

「……」

受付の背後にある壁の横から、三芳さんの顔が半分出ていて、覗《のぞ》き見していたのが分かる。更に…。

三芳さんの顔の上に、高遠先生の顔も…。

「……あの…」

何か？　と戸惑いを覚えて聞く私に、三芳さんは慌てて「何でもないよ～」と言いながらスタッフルームへ向かい、高遠先生はすっと身を翻して診察室へ戻って行った。私と将生が気になって様子を窺《うかが》っていたのだろうか…。何もないんだけどな。

何でしょうね、二人とも。小声で話しかけられた安藤さんは、困ったように首を傾げた。

残っていた三芳さんのお弁当を食べ終わると勤務終わりの時間になっていたので、後を任せて私と安藤さんは帰宅した。そして、夕方、また出勤すると、患者さんで立て込んでいて、八時近くなるまで慌ただしかった。

ようやく待合室で待っている患者さんがいなくなり、ちょっとほっとしたところで、診察を受けていた患者さんも帰っていった。立ち上がってお大事にと見送り、椅子に座り直すと、診察室から先生の声が聞こえる。

「次、入って貰っていいぞー」

「もうお待ちの方はいませんよー」

患者さんが途切れたと聞いた先生は、いそいそと受付までやって来て、安藤さんを呼ぶ。ベッドでくるんと丸まっていた安藤さんも嬉《うれ》しそうに起き上がり、先生の元へ。

「よし、安藤さん。遊ぼうぜ」

「ボール投げはだめですよ」

先生が手にボールを持っているのを見て、先に注意する。先生は困ったように眉《まゆ》を顰《ひそ》め、代案を口にした。

「フリスビーは……」

「もっとだめです。……ここでどうやってフリスビーを？」

「小さく投げる」

小さいとか大きいとかって問題じゃない。室内でフリスビーなんて。呆《あき》れた目で先生を見て、首を横に振ると、先生は安藤さんの前に屈《かが》んでこそこそ悪口を言い始めた。

「ボールもフリスビーも駄目って、ケチだよな。診察室の中じゃないんだから、ちょっとくらい壁に当たったりしても大丈夫だよな」

「壁ならいいんですけどね。入って来た飼い主さんにボールぶつけそうになったのは誰ですか？」

「……」

痛い事実を突かれ、恨めしげな顔になる先生に苦笑する。先生が安藤さんと遊びたい気持ちは分かるけど。

「ボール投げとかフリスビーがやりたいなら、屋外の広いところじゃないと」

「広いところって？」

「…ドッグランとか…？」

安藤さんの散歩コースに公園はあるけど、ドッグランはない。普通の公園では犬のリードを外して遊ばせることは出来ず、リードなしで自由に動き回らせるにはドッグランを利用するしかない。

でも、ドッグランでもボールとかフリスビーを投げたりするのは…どうなんだろう？

他の犬もいるだろうから、難しいのかな。

「ドッグランはボール遊びとかって大丈夫なんですか？」

「他の犬とのトラブルになりかねないから、おもちゃを使用した遊びを禁止にしてるところも多いぞ」

「そうなんですか」

「あん……」

頷《うなず》いた私に何か言いかけて、先生はしまったという顔になって口を噤《つぐ》む。あん？　何だろう？　安藤さんって言おうとしたんだろうか。

不思議に思いつつ先生を見てると、ごまかすみたいに軽く咳払《せきばら》いして「あの、その、あれだ」とかもごもご繰り返す。

「……行ったことないのか？」

「ドッグランですか？　私はないです。安藤さんはお姉ちゃんたちが車で連れて行ってたと思いますけど」

長野《ながの》さんは免許も車も持っていたから、安藤さんをあちこちへ連れて行っていた。ドッグランだけじゃなくて、海とか、犬も一緒に泊まれるホテルとか。安藤さんはケージに入れて電車移動出来るような小型犬ではないので、車がなければ遠出は難しい。

「車があればリードなしでボール投げとかも出来るような田舎にも行けるんでしょうけ

ど」

「車か…。でも、田舎でも事故の危険はあるから、リードは必要だけどな。何かに驚いたりした弾みで山に入り込んだり、川に落ちたりしたら厄介だ」

なるほど。犬がパニックになったりすると、止められなそうだ。人が少ない田舎だから安心ってわけじゃないんだな…と思って、ふと思いついた。

「山だとあずきちゃんみたいにマダニに噛《か》まれたりするかもしれないですしね」

あずきちゃんは山へバーベキューに行ってマダニを拾って来てしまった。そういう危険もあるんだよな…と考えていると、先生が不意に神妙な顔付きになったのに気付いた。

ん？　何だろう…。私、おかしなこと言ったかな。

「先生…？」

どうかしたんですかと聞こうとした私から視線を外し、先生は安藤さんを撫《な》でる。

「…安藤さんは大丈夫だぞ。ちゃんと予防してるしな。万が一、散歩でダニやノミを拾っても俺がすぐに気がつく」

「そうですね」

ほぼ毎日、安藤さんは先生に撫で回されているのだから、診察を受けているのも同然だろう。そこは安心だな～と思って相槌《あいづち》を打つ私を、先生が見る。

やっぱり何か言いたげに感じられる顔で、微《かす》かに首を傾げて、何か言いたいことがあるのか聞こうとした時。

「高遠!!」

突然、病院の出入り口のドアが開き、先生の名前を呼ぶ声が響いた。先生を名字で呼び捨てる人は一人しかいない。

驚いて見た先には醍醐さんのお兄さんが立っていた。何故か、腕に段ボール箱を抱えて。

「大変だ…!!」

「…どうした？」

血相を変えて訴えるお兄さんに、先生はめんどくさそうに聞く。一大事っぽいお兄さんの話よりも、安藤さんを愛《め》でる方が重要だとばかりに、立ち上がりすらしない。安藤さんを撫でながら、冷めた目で見る先生に、お兄さんは。

「猫だ！」

「…は？」

「猫？」

どういう意味か分からず、私も怪訝《けげん》な思いでお兄さんを見る。お兄さんはつかつかと歩み寄って来て、受付のカウンターの上に抱えていた段ボール箱を置いた。

そして、そこから聞こえて来たのは。

「ミャア……」

小さな小さな、猫の鳴き声だったのだ。

犬話休題二

少しのことにも、先達はあらまほしきことなり。

小さなことでも案内役がいて欲しいものだなあというような意味で、むかしむかしの人がそう書き残したらしいのだが、確かにその通りである。

どんな場合でも経験者の意見というのは参考になるものだし、頭を垂れて教えを請うのは自分の為になる場合が多い。わたくしは犬であるが、年長者は大切にし、その意見は必ず傾聴する。

この場合の年長者というのは、人間以外の動物のことを指す。全てではないのだが、犬でも猫でも、時折、ゆっくり語り合える相手というのがいるのである。語り合うと言っても、わたくしたちに言葉はないので、心でわかり合うような感じであり、わたくしの主観が多く含まれているかもしれないのだが、おおよそ通じ合えていると思う。

病院にいらっしゃる患者さんでも、時折、話しかけて下さる方がいて、わたくしもお応えする。日和《ひより》さまや高遠《たかとお》先生には分かっていないかもしれないが、わたくしたちは密《ひそ》かにコミュニケーションを取り合っているのである。

そして、最近、わたくしは新たな「先達」と知り合ったのだ。

それは…。


おはよう…と挨拶《あいさつ》する三芳《みよし》さんの声を聞き、ベッドで丸まっていたわたくしははっとして起き上がった。受付横のドアを開けて入って来られた三芳さんは、「日和は？」とわたくしにお聞きになる。

日和さまは診察室においでです。先生から補助を頼まれたのですよ。

そんな回答を心の中でして、三芳さんを改めて見ると、キャリーバッグを持たれていた。

その中から覗《のぞ》いていたのは…。

立派な眉《まゆ》毛と髭《ひげ》をぴんと立て、「ふん」とばかりに鼻息を吐いてわたくしをじっと見ているのは、三芳さんの愛犬であるミニチュアシュナウザーの五右衛門《ごえもん》さんだった。

「診察室かなー。ちょっと見て来よう」

診察室の方を窺《うかが》うように見て、三芳さんはわたくしの前にキャリーバッグを置いてそのまま行ってしまう。

あ、あの。三芳さん…。

「ワウッ！」（おい！）

すかさず五右衛門さんは抗議されたのだが、三芳さんの耳には届かなかったようだ。五右衛門さんは短気な方だ。わたくしなら三芳さんが戻って来られるまで待っていようと思うところなのだが…。

「ワウワウワウ！」（ちょっと、待て！　どういうことだ！　わしを閉じ込めたまま置いて行くのか！　おい、待て！　開けていかんか！）

勢いよく吠《ほ》えて訴えるものの、五右衛門さんの文句に慣れっこの三芳さんには通じない。

診察室へ入ってしまったのを確認して、五右衛門さんにお伝えする。

わたくしと五右衛門さんは何度か会っており、意思の疎通がはかれるようになっている。わたくしは緊急時か、理由がない限り吠えないので、五右衛門さんに目でお伝えする。

（あのう、五右衛門さん。三芳さんは診察室へ入られてしまいましたよ。きっと、すぐに戻って来られると…）

「ワフッ！」（何だと!?　どういうことだ！　全く、真生《まお》ちゃんはなっとらんな！　こんな狭いところにわしを……安藤《あんどう》さん！　真生ちゃんを呼んで来い！）

（それは…ちょっと無理です。患者さんがいらっしゃるので、三芳さんは手伝いに行かれたのだと）

「ワウンッ!?」（なんじゃと！　おぬし、老犬を粗末に扱う気か！）

わたくし

五右衛門さんは御年、十三歳。人間にすると七十代半ばのご老体であられる。わたくしも七歳（恐らく）で人の年齢にすると四十半ばになり、もう若くはないのだが、五右衛門さんほどのベテランではない。

五右衛門さんと初めて会った時、すごい勢いで吠えられ、困惑した。よく吠える犬さんはいるが、そこまで…とちょっとひいてしまうほどの勢いだったのだ。

困惑するわたくしに対し、三芳さんはミニチュアシュナウザーというのは、こういう犬種なのだと教えてくれた。

「ごめんね、安藤さん。うるさいでしょー。シュナって警戒心強いから、吠えまくるんだよね。こうなるとしばらく駄目だから我慢してねー」

なるほど…と頷き、（なんじゃおぬしなんじゃおぬしなんじゃおぬし何者だ名乗れなんじゃおぬし）と吠え続ける五右衛門さんが慣れてくれるのを待った。

じっとお座りしたまま、吠えられ続けてしばらく。さすがに疲れたらしい五右衛門さんが吠えるのをやめたところで、自己紹介した。

（初めまして、安藤さんと申します。日頃から三芳さんにはお世話になっております。よろしくお願いします）

（真生ちゃんがお世話だと？　どういうことだ！　真生ちゃんはわしの…）

（いえいえ。わたくしの飼い主は小春《こはる》さまで、今は海外にいらっしゃるので、その妹君の日和さまにお世話になっております。三芳さんは日和さまと一緒に高遠先生のもとで働き始められたので…）

（高遠……）

わたくしが高遠先生の名前を出したところ、五右衛門さんは表情を険しくして考え込んだ。わたくしの顔をじっと見つめ、はっとした様子になって（もしや……！）と膝《ひざ》を打たれる（いえ、五右衛門さんも犬なので打つ膝はないのですが…）。

（おぬし……ニコラか⁉）

（いえ、わたくしは…）

（まさか…っ…ニコラは亡くなったと…真生ちゃんから聞いたのに…。ニコラ、ニコラなのか、おぬし⁉）

（ですから…）

（久しぶりだな！　元気にしておったか、ニコラ！）

（あの、違うんです。わたくしはニコラさんではなく…）

（んっ⁉　ちょっと待て…ニコラ。おぬし、雌だったはず…。そこにある一物はなんじゃ…⁉　はっ…！　もしや、おぬし、ニコラではないのか⁉　何者じゃ⁉）

そして、また五右衛門さんに吠えられ…というのを数回繰り返し、何とかわたくしは

「安藤さん」で飼い主は「三芳さんの同僚の日和さま」であることを理解して頂いたのであった…。

という過去の苦労を思い出し、遠い目をしていると、三芳さんではなく日和さまが診察室から出て来られた。日和さま、ちょうどよかった。あのですね……。

「ワウッ！」（この匂いは日和ちゃんだな⁉　日和ちゃん、わしじゃ！　わしをここから出してくれ！　日和ちゃん、聞いておるか⁉）

「あ、ゴエちゃんも来てたんだ」

五右衛門さんの鳴き声を聞き、日和さまは笑みを浮かべて近づいて来る。わたくしの前にあるキャリーバッグを覗き込むと「おはよう」と五右衛門さんに挨拶された。

「ワウワウワウ！」（日和ちゃん、挨拶はいいんじゃ！　とにかく、わしをこの狭いところから出してくれ！　日和ちゃん！　聞いておるか、日和ちゃん！）

「今日も元気いっぱいですねえ、ゴエちゃんは」

「ワウワウワウ！」（ああ、元気じゃ！　わしは元気なんじゃ！　病気で来ておるわけではないんじゃ、だからっ）

「そんなに続けて吠えて、よく息が続きますね。ねえ、安藤さん」

え…ええ、日和さま。それはわたくしも同意しますが…。犬の心、人知らず。五右衛門さんは一刻も早くキャリーバッグから出たいと仰《おっしゃ》っているのですよ、日和さま。

わたくしからもそう伝えてみるのだが、いかんせん、所詮《しょせん》犬のわたくしには言葉がない。

（出せ、出すんじゃ！　ここから一出一せ一！）と訴え続ける五右衛門さんを上手にフォロー出来ないでいる内に、診察が終わったらしく、患者さんが出て来られた。

五右衛門さんのキャリーバッグを覗いていた日和さまは立ち上がり、患者さんを見送られる。お大事にと声をかけ、出入り口のドアが閉まると同時くらいに高遠先生の声が聞こえて来た。

「五右衛門はどこにいるんだ？」

「ここにいますよ」

日和さまが答えると、先生はつかつか廊下を歩いて来られる。途端に、それまで続いていた五右衛門さんの鳴き声がぴたりとやんだ。

そっとキャリーバッグを見れば、五右衛門さんは神妙な顔でふせをしておられる。そうなのだ。五右衛門さんは…。

「なんだ。バッグから出してなかったのか。よしよし…」

高遠先生は嬉《うれ》しそうに声をかけ、キャリーバッグのファスナーを開けて、五右衛門さんを抱えて外へ出される。出せ一出せ一と繰り返し吠えていたのが嘘のように静かなのは、五右衛門さんが…。

「なんで吠えてるのかと思ったぞ。元気そうだな。五右衛門」

「……」(…うむ。おぬしも元気そうだな、高遠)

「お。眉毛、カットして貰《もら》ったのか。かっこいいぞ」

「……」(ああ。真生ちゃんが切ってくれたんじゃ。…ところで、高遠。折り入って話があるんじゃが…)

「ひげも綺麗《きれい》に…なんだ。ドッグフードがついてるじゃないか」

「……」(う、うむ。悪いな、取ってくれ。…それよりな、高遠。わしは元気なんじゃ。分かるか。元気なんじゃぞ、高遠)

抱きかかえて身体をチェックする先生に、五右衛門さんが無言で訴えようとしているのには理由があった。元気だとしつこく繰り返すのは、つまり…。

「ちょうど手が空いたから、ついでに診察するか」

「……！」(ま、待て、高遠。だから、言っておるであろう！　わしは元気なんじゃ。悪いところなんて何処にもない。超絶元気だから診察なぞ、必要ないんじゃ。くっ…放せ…っ！　放さぬか、高遠！)

診察嫌いの五右衛門さんは必死に訴え、先生の手から逃れようとする。しかし、先生は抱きかかえるのもプロで、ここを摑《つか》んだら暴れられないという箇所をよくご存じだ。放せという五右衛門さんの声は高遠先生には届かず、そのまま診察室へ連れ去られてしまった。

「ワフッ……！」（安藤さん…！　何故、わしを助けん…！　うらぎり……）

診察室のドアが閉まる間際に聞こえた断末魔（というのは失礼かもしれないが）に、わたくしは背筋が寒くなるような思いを味わう。ふぅ。出て来てからが大変ですね…これは。

五右衛門さんは本人が仰《おつしや》る通り、持病もなく、元気である。だが、年齢的なこともあって、飼い主である三芳さんは定期健診を欠かさない。三芳さんが働くようになってから、わたくしが何度か五右衛門さんにお会いしているのは、その為に来院されるからでもある。

しかし、五右衛門さんは診察が嫌いだ。診察…というより、本当に嫌いなのは注射らしい。注射の前には診察が必要だから、もしかすると注射されるかもしれないというどきどき感が、五右衛門さんを追い詰めるらしい。

放せーと叫びながら連れて行かれた五右衛門さんは、程なくして三芳さんに抱えられて診察室から戻って来た。

「日和。五右衛門のカルテってある？」

「今、持って行こうと思ってた。これ」

「ありがと。先生に書いて貰っておく。…って、五右衛門。いつまで怒ってんのよ」

腕に抱いた五右衛門さんがむっとしておられるのに気づき、三芳さんは呆《あき》れた顔で見る。

五右衛門さんはふいと顔を背け、三芳さんの腕から離れようとする仕草をみせた。三芳さんが五右衛門さんを床へ下ろすと、さっきはあんなに出せ出せと騒いでいたキャリーバッグへ自ら入ってしまわれる。

「ゴエちゃん、ご機嫌斜め？」

「注射打たれたわけじゃないのに」

苦笑する三芳さんと日和さまの方を見向きもせず、五右衛門さんはキャリーバッグの中で丸まっておいでだ。三芳さんが診察室へ向かうと、わたくしはそっと五右衛門さんに声をかけた。

（あのう…五右衛門さん。お好きでないのは分かりますが、やはり定期健診というのは必要ですから…）

（……）

（注射ではなかったのですから、よかったじゃないですか）

（……分かっとらんな、安藤さんは）

ふんと鼻息を吐き、五右衛門さんはわたくしを鋭い目で見る。五右衛門さんは眉毛《まゆげ》も睫《まつげ》も立派なので、その下から光る目で見られるとどきどきしてしまう。

何が分かっていないのか。首を傾げるわたくしに、五右衛門さんはやれやれといった感じで肩を竦《すく》めた(肩、ないんですけどね)。

(聴診器だの、検温だのが厭《いや》だと言っとるんじゃない。わしはな。高遠も真生ちゃんも、わしを騙《だま》し討ちするような真似をするのが気に入らんのじゃ!)

(騙し討ち…ですか)

(注射じゃないよーとか言うくせに、注射を打ちよる。油断ならんと思って常に警戒しとると、今度は不意打ちするようになりおった。全く、高遠も真生ちゃんも信用ならん!)

(はあ…)

五右衛門さんはぷりぷりに怒っているけれど、高遠先生は注射がお上手だ。わたくしなど、打たれたかどうかも分からない内に終わったというのが正直な感想で、五右衛門さんがそこまで厭がる気持ちが分からなかった。

(高遠先生はお上手だと思うんですけど…)

(高遠の腕を疑っとるわけじゃない! わしの意見を聞き入れん態度が気に入らんのだ!)

ですが…。五右衛門さんの言う通りにしていたら、診察も注射も検査も出来ないと思うので…それにどうも伝え聞くところによると、五右衛門さんは注射となるとパニックになったりもするようなので、先生と三芳さんがそのように対応なさるのは、仕方のないことかもと思うんですがねえ…。

（五右衛門さんにも色々言い分はあると思いますが、出て来られたらどうですか。三芳さんが心配しますよ）

（ふんっ。真生ちゃんなんか知らん！）

五右衛門さんの怒りは収まらないようで、しばらく放置しておくしかないかと内心で嘆息する。そこへ、三芳さんが診察室から戻って来て。

「ゴエ。ほら、機嫌直しなよ。ささみスティックだよ」

「……！」（なんじゃと!?）

大好物のささみスティックを見せられた五右衛門さんは、一瞬で機嫌を直してキャリーバッグから飛び出した。短い尻尾《しっぽ》を勢いよく振って、きらきらの目で三芳さんを見つめる。

「クウン……！」（真生ちゃん、真生ちゃん！　ささみスティック、わしの、さ・さ・み・スティック!!）

（………）

現金なところも、五右衛門さんの魅力のひとつであると思う（遠い目）。

ええと、三芳さん。わたくしにもお裾《すそ》分けなど…。

そんなことがあった翌日。わたくしと日和さまが出勤すると、チョコクロさんが病院に来てらした。ご家族の都合で一晩、高遠動物病院に泊まることになったというので、わたくしはとても嬉しかった。

チョコクロさんは重い病気で高遠動物病院に通っている。最初にお会いした時はかなりしんどそうで気掛かりだったが、最近は随分調子がよいように見える。それでも治ったわけではないようで、心配であるのは変わらない。

チョコクロさんも五右衛門さんと同じく、何度も会っているので意思疎通がはかれる。更にチョコクロさんは物静かなタイプで、五右衛門さんのようにうるさく……いや、賑《にぎ》やかに吠《ほ》えたりはしないので、落ち着いて話せるのだ。

病院の前でチョコクロさんの飼い主である前畑《まえはた》さんに挨拶《あいさつ》し、中へ入ると、受付のドアの向こうにチョコクロさんが座ってらした。少し不安げに見えるのは、前畑さんが帰ってしまわれたからであろうか。

「お、安藤さん」

チョコクロさんに声をかける日和さまの隣にいると、診察室から高遠先生が出て来られる。先生は日和さまにチョコクロさんを預かることになったと話された後、わたくしに声をかけた。

「安藤さん、チョコが明日までいるから、よろしくな」

了解です、先生。チョコクロさんとゆっくりお話が出来るのは嬉しいです。

先生は持って来られていたバスタオルを敷き、わたくしのベッドの隣にチョコクロさんが横たわれる場所を作る。チョコクロさんはそこへ座られたので、わたくしもベッドに移動してご挨拶した。

（チョコクロさん、おはようございます。今晩はこちらへお泊まりだとか）

（おはよう、安藤さん。そうなのよ。お母さんとお父さんがお出かけみたいで。よろしくお願いしますね）

チョコクロさんは十一歳ということなので、わたくしよりも年上の礼儀正しいご婦人だ。飼い主である前畑さんご夫妻と色んなところへ出かけた経験をお持ちなので、博識で、わたくしにも様々なことをご教授下さる。話し上手でもあられるので、チョコクロさんとの時間は、わたくしにとってとても有意義なものなのだ。

チョコクロさんのお母さん…前畑さんの奥さまは北陸《ほくりく》の石川県というところの出身で、チョコクロさんも一度だけ行ったことがあるのだというお話を聞いていると、三芳さんが出勤して来た。

「あれ、チョコちゃんじゃん。どうしたの？」

「前畑さんがお出かけで、今晩はお泊まりなんだって」

日和さまから事情を聞かれた三芳さんは、チョコクロさんを撫《な》でて、おとなしいから助かると話される。先日の五右衛門さんと比べていらっしゃるようだった。

「うちの五右衛門だったらこうはいかないよ」

「ゴエちゃんは賑やかだもんね」

確かに五右衛門さんと落ち着いてお話ししようと思ったら、誰も来ない場所に行かなくてはならないでしょうからね…。

日和さまの相槌《あいづち》にうんうんと深く頷《うなず》いていると、チョコクロさんが尋ねて来る。

(五右衛門さんってどんな方?)

(五右衛門さんですか…。いい方なのですが…賑やかなのです…)

(そうなの。私、賑やかな方、好きよ)

うふふと微笑まれるチョコクロさんは大変上品で、その優雅な物言いに感動さえ覚える。わたくしも五右衛門さんのことは好きなのですが、こうやってチョコクロさんとお話ししている時のような落ち着きがないのが…いやはや…。

どう説明すれば正確にお伝え出来るだろうと考えていると、病院の出入り口のドアが開く気配がした。患者さんが入ってらして、日和さまが立ち上がって問診票を用意される。ちょうど三芳さんがいらしたので、「どうされましたか?」と飼い主さんに聞かれた。

ちらりと見えたのは若い女性で、その腕にはトイプードルを抱いていらした。焦げ茶色の可愛い方だ。

「あの…できものみたいなのが出来てるのに気付いて…診て欲しいんですが」

できものですか。たいしたことないといいのですが…。

（まだ若そうな子なのに大変ね。痛いのかしら）

（どうなんでしょうか。検査とかするんでしょうかね）

聞こえて来た内容についてチョコクロさんと心配していると、またドアが開いて今度は男性の声が聞こえて来た。連れの方なのだろう。女性の名を呼びながらカウンターへ近づいて来る。

と、その時。

「…！」

日和さまが息を呑《の》むのが分かり、どきりとする。え？　え？　今、何かありましたか？

わたくし、驚くことがあったように思えなかったのですが…。

日和さまの反応に戸惑っていると、隣でチョコクロさんが呟《つぶや》かれた。

（怪しいわね…）

（…？）

何が…怪しいのでしょうか。さっぱり分からず首を傾げるわたくしの視界に、きらりと目を光らせる三芳さんの姿が入った。日和さまを横目で見て、何かメモを書いて渡される。

何が書かれているのか見たいけれど、わたくしの目が届かない位置だし、そもそも文字が理解出来ない。そうなのだ。人間には言葉だけでなく、文字という意思伝達ツールもあるのだ。なんと羨《うらや》ましい。

日和さまと三芳さんが意味ありげなやりとりをしているのは分かったが、その内容は読めず、怪訝《けげん》に思ったままでいると。

（やっぱり…怪しいわ…）

（…何が…怪しいのですか？）

（日和ちゃんと…あの男のひと。怪しいと思わない？）

男のひと…というと、今し方、あずきさんというお名前らしいトイプードルを連れて来られた女性の…連れの方ですよね。あの方と日和さまが…怪しい？

チョコクロさんが言わんとする意味が分からず、怪訝に思っている内に問診を済ませた三芳さんが、あずきさんと飼い主さんたちを診察室へ案内する。皆さんがいなくなると、日和さまは大きな溜《た》め息を零《こぼ》された。

なんと。日和さまが溜め息とは。どうされたのか心配で、日和さまを見つめる。チョコクロさんもわたくしと同じように思われたようで、一緒に日和さまを見つめた。

どうされたのですか、日和さま。そんな浮かない顔をなさって…。

おろおろするわたくしとチョコクロさんの視線に気付いた日和さまは驚かれ、笑みを浮かべられる。無理をしているようなお顔で、せつなくなった。大丈夫と仰《おっしゃ》るのだが…。

（日和ちゃん、動揺してるわね…）

ええ、そうですよね。チョコクロさんの呟きに同意し、日和さまが困られている原因を考える。やはり…あの男性が…？

（チョコクロさん。先ほど仰られていた怪しいというのは…）

（女の勘なんだけれど…）

チョコクロさんの考えを聞こうとしたところ、診察室から「きゃー!!」という悲鳴が聞こえて来た。日和さまが立ち上がるのと同時に、わたくしとチョコクロさんも立ち上がっていた。

診察室へ向かう日和さまの後に続く。悲鳴とは穏やかではない。一体、何が…と心配して様子を見に行ったのだが。

「あー日和。安藤さんとチョコちゃんは向こうに」

診察室の中から三芳さんが日和さまに指示を出される。ええっ？　気になるんですが、駄目ですか？　わたくしとチョコクロさんは日和さまに先導され、受付へ戻されてしまった。

一人診察室へ戻って行かれる日和さまの後ろ姿を、寂しく思って見送るわたくしに、チョコクロさんが声をかけて下さる。

(仕方ないわよ、安藤さん。私たちを入れたくない理由があるのよ。伝染《うつ》る病気だったりしたら困るでしょう)

(なるほど…。それは仕方ないですね)

(それより…あの男のひと。きっと、日和ちゃんの元カレよ)

(もとかれ…と言いますと)

(以前付き合っていた恋人って意味よ)

なんと！ わたくしにとっては目から鱗《うろこ》が落ちるようなお話で、思わず目を丸くしてチョコクロさんを見返す。チョコクロさんは余裕ある大人の笑みを浮かべ、きっとそうだわと断言なさった。

(日和ちゃんもあの男のひともぎこちなかったもの。友達だったらあんな雰囲気にはならないでしょう？)

(なるほど…)

(真生ちゃんもそれに気付いて、日和ちゃんに確認したんだと思うわ)

そうに違いないとチョコクロさんはうんうんと深く頷かれる。そうか…。あの男性は日和さまの…元カレ…。

日和さまはどうも恋愛などには鈍い…と言ってしまうのは失礼かもしれないが…ようなので、恋人とかそういうのには縁遠くいらしたのだろうと思っていたのに。

チョコクロさんの推測は当たっているのだろうか。正直なところ、半信半疑でいたのだが…。

日和さまが診察室から戻っていらしてから間もなくして、あずきさんと飼い主さんが出て来られた。元カレという噂の男性も。

帰り際、日和さまと男性が何か話されるかもしれないと思い、チョコクロさんと一緒に固唾《かたず》を呑んで見守っていたものの、お二人が会話を交わされることはなかった。残念な気分でいると、いつの間にか診察室からやって来ていた三芳さんが、日和さまに「で？」と尋ねられる。

「大学の時の元カレって…同じ大学だったの？」

続けられた質問はチョコクロさんの推理が当たっていたと示すもので、わたくしは思わず、目を丸くしてチョコクロさんを見た。チョコクロさんは意味ありげに微笑み、（やっぱり）と呟かれる。

（ね、私の言った通りでしょう？）

(はい。さすがチョコクロさん…)

その炯眼《けいがん》に敬服すると申し上げようとしたわたくしを、チョコクロさんは視線で制する。

日和さまと三芳さんの会話を聞かなきゃ…と耳を澄ます様子は、まるでスパイのようで格好いい。

わたくしもチョコクロさんを見習い、並んで伏せをしてお二人の話を聞き漏らさないよう、集中した。

「久しぶりに会って、どきっとしたから…。全然連絡取ってなくて、まさかこんなところで会うなんて思ってもなくて」

「どれくらい振り？」

「大学を卒業して以来だから…六年くらいかな」

なんと。六年も会っておられなかったのですか。日和さまの口から出た年数に驚き、人間はやはり長生きなのだなと感心する。

(六年って結構長いわよねえ)

(ええ。わたくしは六年前、まだほんの子供でしたから…)

なのに、日和さまは大学生で、彼氏がいたのである。チョコクロさんはまた、違う意味でも驚いておられた。

(けど、六年も会わなかったら、忘れちゃってそうじゃない？　覚えてるってすごいわね)

（そうですね…。六年前ですか…）

わたくし、実は波瀾万丈《はらんばんじょう》な犬生を歩んでおりますので、忘れはしていないのですが、どれがどの時期の記憶だったのか、曖昧《あいまい》になることはありますね。日和さまも色々おありだったのか、その表情は明るいものではなく、三芳さんも余り突っ込んでは聞けない様子であられた。

（結構イケメンだったのに。どうして別れちゃったのかしら。気になるわー）

（三芳さんもお聞きになりたい顔付きではあられますが…）

日和さまがしばし沈黙されている内に、患者さんが入って来てしまう。お二人は話を止《や》め、患者さんの対応を始められたが、わたくしはどうも気になってしまい、日和さまを窺《うかが》うように見ていた。

すると。

（もしかして…安藤さん、妬《や》いてるの？）

（えっ…!?）

（日和ちゃんに彼氏がいたから）

（まさか！　滅相もありません！）

とんでもないと否定すると、チョコクロさんは微笑まれたまま、（冗談よ）と仰る。ふう。からかわないで下さいよ…。

しかし。日和さまの表情がどうも暗いのが気にかかる。余りよくない別れ方だったのだろうか。別れというのは、概して切ないものではあるのだが……。

日和さまの元カレが出現するという事件があった翌日。病院での仕事は休みだったのだが、とてもお天気がよかったので、買い物がてら出かけることになった。コロッケパンを売ってるパン屋さんへ向かおうとしていたところ、高遠先生がわたくしを呼ぶ声が聞こえた。

「安藤さん！」

おお、先生ではないですか！　なんたる偶然…と喜び合うわたくしたちを苦笑して眺め、日和さまは先生に何をしているのかと聞かれる。

先生も昼食を買いにパン屋さんへ向かわれるところだったので、日和さまの提案で、先生に「みさわ」さんへコロッケを買いに行くことになった。以前から、日和さまは先生に「みさわ」さんのコロッケを買うように勧めていたのだ。

わたくしのリードを日和さまから預かった先生は、ご機嫌で歩き始める。日和さまと先生と一緒に歩けるのはわたくしも大変嬉《うれ》しく、足取りがうきうきしてしまう。

小春さまや長野《ながの》さんともこんな風に並んで歩いたものです。まるで家族のようで、いいですね、先生。

「安藤さんもコロッケ、食べられたらいいのにな！」

確かに。それは残念で仕方ありませんけど、わたくしは日和さまと先生と、こうして散歩しているだけでしあわせなのです。日和さまもとてもよい表情をなさっていて、実に喜ばしいのです。

間もなくして到着した「みさわ」さんで、先生は売り場に立っている「みさわ」さんの奥さんから、チーズチキンカツなるものを勧められ、注文した。昼も夜も揚げ物を食べるつもりの先生に、栄養の偏りを日和さまが注意なさった時。

「日和」

何処からか日和さまを呼ぶ声が聞こえ、はっとして周囲を見回すと、なんと、元カレが立っていたのだ！

日和さまと元カレと、高遠先生…！　こ、これはいわゆる、三すくみというやつでは？

（違いますね…）

はらはらするわたくしをよそに、先生は昨日会ったばかりの元カレが誰だか分からない様子だった。先生はとことん、人間には興味のないお方なのだ。日和さまにあずきさんの飼い主だと言われ、ようやく思い出した。

「…ああ。トイプードルの」

ええ。あずきさんは可愛らしい方でしたが、先生、今の問題は犬の方ではないのです。このあずきさんの飼い主は、日和さまの元カレなのですよ？　ご存じですか？

そうお教えしたくても、いかんせん、犬のわたくしに伝えられる言葉はなく。それにお教えしたところで、先生の反応は…薄いのではなかろうかという懸念も…。

関心がなさそうな先生に、少なからず残念な思いを抱きつつ、買い物を終えて「みさわ」さんを離れようとすると、なんと、元カレが日和さまを追いかけて来た。

「ちょっといいか？」

元カレは日和さまと話したいようなのだが、一体、どんな話を？　訝《いぶか》しく思いつつも、ことの成り行きを見守らなくてはと気を引き締める。チョコクロさんに次会った時には、報告もしなければならぬ。

そう覚悟して、日和さまの横に座ろうとしたのだが。

「先、行ってるぞ」

先生はぶっきらぼうにそう言われて、わたくしを連れて、歩き出された。

ええと…。わたくしは犬なので、リードを持った相手について行くしかないのですが…(相手が見ず知らずの人ならともかく、先生ですので)。日和さまから離れてしまうのに気を揉《も》みながら、先生と日和さまを交互に見たが、お二人とも気付いては下さらなかった。

先生？　日和さま？　いいのでしょうか？　わたくしは日和さまと一緒にいるべきかと思うのですが…。

日和さまがわたくしのリードを先生に預けたままなのに気付かれなかったのは、元カレに気を取られていたからであろう。

それとも。

対して…先生は？　先生は天然というやつ…なのですかね？

「……」

もしかして、先生も日和さまを呼び止めた元カレのことが気になっておられるのだろうか。あの方が元カレだと知っておいでなのだろうか。

疑問を抱きつつ、一緒に歩いて行くと、パン屋さんの前まで来たところで、先生ははっと気付かれた。

「しまった…。安藤さん、連れて来ちまった…」

やはり先生は無意識でしたか…。失敗したと呟《つぶや》き、謝る先生に「とんでもない」と首を振る（つもり）。

来た道を引き返すと、間もなくして日和さまと元カレの姿が見えた。二人ともわたくしと先生に気付いておらず、その後ろから近づいた先生が、声をかけようとされた時だ。

「……付き合ってないならよかった」

「…どうして？」

「え？　だって、日和にはあわないだろ。あの人、厳し過ぎじゃないか？　美咲《みさき》も怒ってたからさ」

そんな会話が聞こえ、先生は足を止めてすっと街灯の陰に身を隠される。え…え…と慌てて、わたくしも先生の陰に隠れるようにしてお座りした。

先生が隠れられたのは……自分のことを話されているのに気付いたからだろうか。

付き合ってないなら、よかった。元カレは確かに、そう言った。日和にはあわない、とも。わたくしには全く同意出来ない意見であるが、先生はどう思っていらっしゃるのだろう。

「……」

先生は…どうして隠れられたのだろうか。

理由が知りたくて先生を見上げると、小さく溜《た》め息を零《こぼ》される。先生が溜め息など。珍しいと驚き、目を丸くして先生を見つめてしまった。

そんな視線に気付いたのか、先生がわたくしをご覧になる。わたくしと目が合うと、ばつが悪そうな表情になり、小さな声で呟かれた。

「あわない…か」

そんな…！　あわないなんて、そんなことないです！　ないですから！

必死で否定したが、目で訴えるだけでは限界がある。ああ、言葉というのは、なんて便利なものなのだろうか。

落ち込まれている雰囲気も感じ、何とか励ましたいと焦るわたくしだったが、続けて聞こえて来た日和さまの言葉に助けられた。

「厳しいってのとは違うと思うよ。予防薬はやっぱり大事だし…。そりゃ、先生はちょっときつく聞こえる言い方をする時もあるけど…」

ナイスです、日和さま！　その通り！　と心の中で叫びながら、うんうんと激しく相槌《あいづち》を打つ（のも難しいのですが、犬というのは）。先生、先生。お聞きになりましたか？今の日和さまのお言葉…。

「……」

見上げた先にある先生の目はわたくしではなく、日和さまの方を向いてらした。腕組みをして、厳しい顔付きでじっと見つめていらっしゃる先生は…。

先生？　先生はどう思っていらっしゃるのですか？

わたくしには判断が難しい表情で、先生が日和さまのフォローをどう思われたのかは分からなかった。やきもきしている内に元カレは去って行き、わたくしがいないのに気付いた日和さまがはっとして駆け出される。

慌ててパン屋さんへ向かおうとされた日和さまは、走り出してすぐに街灯の陰にいたわたくしたちを発見した。

「…パン屋へ行こうとしたんだが、安藤さんを返してないのを思い出して、戻って来たんだ」

先生はそんな説明を、いつも通りの顔で日和さまにされ、わたくしのリードを返す。日和さまの表情は硬く、元カレとの話を聞かれたのかどうか心配されているようだった。

「また明日な、安藤さん」

先生はそんな挨拶《あいさつ》を残して病院に戻って行かれたのだが…。その後ろ姿をわたくしと日和さまは立ち止まって見送った。ああ。わたくしに言葉が使えたなら。先生を追いかけて尋ねるところなのに。

あの厳しい顔はどういう気持ちが込められたものだったのでしょうか、先生。

三話

段ボール箱から聞こえたのは間違いなく猫の鳴き声だった。聞き間違いなんかじゃない。お兄さんも確かに「猫だ」と言ったのだ。

驚いてカウンターの上に置かれた箱の中を覗《のぞ》き見ると。

「あっ……！」

お兄さんの言った通り、本当に猫がいた。前に交通事故で運び込まれたハニちゃんと同じ、白黒の子、キジトラの子が二匹と、茶色っぽい子が一匹の、合計四匹の子猫がぎゅうぎゅうと寄り添っている。

運び込まれて来た時のハニちゃんよりもずっと小さい。まだ生まれて間もないんじゃないかってくらいのサイズだ。

「可愛い……！」

余りに小さくて可愛くて、思わず、頬が緩んで声が大きくなってしまう。そんな私の横から箱の中を見た先生は、表情を変えることなく、カウンターを挟んだ向かい側にいるお兄さんに、事情を聞いた。

「どうしたんだ、これ」

「コインパーキングに車を停めて、用を終えて戻ったらトランクの上に置いてあったんだ」

「それを拾ってやったのか。お前が？」

意外だと言いたげな表情で確認する先生に、お兄さんはむっとして、経緯を話す。

「駐車場の運営会社に連絡したら、保健所に電話しときますとか言うんだぞ。保健所に連れて行かれたら処分されるんだろう。可哀想じゃないか」

「保健所って…動物愛護センターのことか。まあ…そういうことになるかもしれないが…。お前でも可哀想とか思うんだな」

「俺を何だと思ってる？」

お兄さんは心外そうだったけど、高遠《たかとお》先生の言いたいことも何となく分かった。お兄さんはいつも先生に対してシビアなので（でないと、高遠動物病院の存続が危うくなる）、猫の入った段ボール箱を車から下ろして、そのまま見なかった振りをしそうだ…と思ってるのかも。

でも、幾らお兄さんでも（っていう言い方も失礼かもしれないけど）こんな可愛い子猫たちを見捨てるような真似は出来まい。

「小さいですねえ。先生、この子たちは生まれてどれくらいなんですか？」

「…まだ生まれたばかりだな。二週齢くらいか。ようやく目が見え始めたくらいだろう」

ミャアミャアか細い鳴き声をあげている子猫を冷静に観察し、先生はお兄さんに
「で？」と無愛想に尋ねる。

「で？　とは？」

「どうするつもりなんだ、これ」

「何とかしてくれ。お前、獣医だろう」

「ボランティアで病院をやってるわけじゃないって、俺に言ったのはお前じゃないか」

「確かに…そうだが…」

交通事故で怪我をしたハニちゃんを、先生は大幅赤字になるのを承知で治療した。お兄さんは仕方ないって感じで見逃していたものの、同時に病院経営の世知辛さを先生に懇々と諭していたのは私も知っている。

情を優先させていたら共倒れになるんだぞ…っていう言葉を、先生は全然聞いてない様子だったけど、ちゃんと耳に入れてはいたのだ。

痛い切り返しに、お兄さんは言葉に詰まる。そして、先生は更に聞いた。

「拾って来たってことは、お前、飼う気はあるんだな？」

「まさか！」

そんなつもりは毛頭無いと盛大に首を振るお兄さんを、先生は目を細めて睨《にら》む。俺に丸投げするつもりで持って来たのか？　そんな確認をされたお兄さんは、むむむと唸《うな》ってから、開き直った。

「じゃあ、見捨てて来たらよかったのか？　こいつらが死んでも？」

「飼う気もないのに拾う方がよほどたちが悪い」

「まあまあ、二人とも」

普段とは立場が逆転してしまったみたいな言い合いは永遠に終わりそうになくて、仕方なく間に入る。とにかく、ここにいる子猫たちを何とかしてあげなきゃいけない。私たちがもう一度、捨てるわけにはいかないのだから。

「もっと建設的に考えましょう。拾って来ちゃった以上、世話してあげないと。この子たちって…まだミルクとかなんですよね？」

子猫たちはどの子も片手で摑《つか》めてしまいそうな大きさで、キャットフードを食べられるとは思えなかった。私の質問に先生は頷《うなず》いて答える。

「ああ。この時期だとまだミルクだな」

「ミルクって牛乳ですか？」

「子猫用のミルクがあるんだ。それをほ乳瓶に入れて…」

「ほ乳瓶って…自分では飲めないんですか？」

「母猫がいたらお乳を飲むだろうが、いないとなると、人間がほ乳瓶で授乳してやらなきゃいけない。二週齢として…三時間おきくらいか」

「三時間おきって…じゃ、夜中もってことですか？」

「当たり前だろう」

当然のことみたいに言うけど、全く経験のない私とお兄さんにとっては衝撃だった。じゃ、こっちはいつ寝るの？的な。

「徐々に飲める量も増えて行くから、間隔を開けていけるが…少なくとも一ヶ月半は授乳が必要だ」

「一ヶ月半…」

その間、ずっと数時間おきに…しかも、四六に授乳しなきゃいけないわけ？　大変そう～と顔を青くする私に、先生は生まれたばかりの頃が大変なのは、人間の子供だって同じだと腕組みをして言う。

「しかも、人間の方が圧倒的に時間がかかるからな。立って歩くまでに一年近くかかるほ乳類なんて、他にいない」

「まあ…そうでしょうが…」

それに比べたらマシってことか…。神妙に頷く私と、険しい顔付きのまま無言でいるお兄さんに、先生は更にシビアな事実を伝える。

「授乳したら、飲ませた時間や飲ませた量を記録して、定期的に体重を測って成長の具合をみるんだ。それに排泄《はいせつ》の補助も必要だ」

「排泄って…おしっことか？」

「子猫は自力で排泄出来ないんだ。ミルクの前と後にガーゼとか脱脂綿でお尻《しり》を叩《たた》いたりして、排尿や排便をさせてやらないと…」

「そんなお世話を数時間おきに…しかも、四六時中やってたら、他のこと出来なくなりますよ？」

「だから、どうするつもりなのかと聞いたんだ」

「………」

腕組みをしたままの先生にじろりと見られたお兄さんは険相のまま狼狽《うろた》えた。高遠動物病院に関わるようになり、同じ頃、お兄さんと知り合ってから半年以上が経つ。その間、お兄さんは常に冷静で仕事が出来る感じの人で、慌てるところなんて想像出来なかったのだけど。

ぶるぶると首を横に振るお兄さんは、あり得ないほど狼狽《ろうばい》していた。

「む、無理だ！　無理だぞ！　ミルクだの排泄だの、俺には絶対無理だからな！」

「お前が拾って来たんじゃないか」

「…っ…」

また同じ言い合いを繰り返しそうな気配を察し、すかさず「先生」と呼びかける。お兄さんを庇《かば》うつもりはないけど、お兄さんが無理だと言うのは頷ける。子猫に限らず、生き物の飼育に向いてる感じは全くしない。

「私でも無理っぽいと思うんです。お兄さんにはもっと無理だと思いますよ」

「そうだぞ、高遠。ここまで運んで来ただけでもすごいと思え」

「お前な……」

「お兄さんも開き直るのはやめて…。先生ならどうするのがベストなのか、分かるんじゃないんですか？　私も出来るだけ協力しますから。先生だって、この子たちを見捨てることは出来ないでしょう？」

「……」

どうするのが一番なのか教えてくれと頼むと、先生は仏頂面を益々《ますます》酷《ひど》くして、ミルクボランティアという存在を教えてくれる。

「授乳が必要な子猫の世話をしてくれるミルクボランティアってのをやってる人がいるんだ。そういう人に頼むことが出来れば…」

「頼んでくれ！　すぐに！」

即座に訴えるお兄さんを先生は眇《すが》めた目で睨み、そうそう都合よくいくか！　と思い切り怒鳴りつけた。

「そういう存在があるってだけで、知り合いにいるわけじゃない。保護団体に相談してみれば……」

「じゃ、星《ほし》さんに連絡してみます」

星さんは安藤《あんどう》さんを保護してくれていた「スマイリードッグ」という団体を運営している。安藤さんのことで色々あったけど、今はすっかり仲良くなって、定期的に譲渡会のお知らせを院内に掲示する為に来てくれる。

だから、連絡先も知っているので、早速電話しようとする私を、先生は「待て」ととめた。

「星さんは犬の保護団体だ」

「あ、そうですね」

犬も猫も扱っている団体もあるけれど、星さんのところは犬を専門にしている。猫は専門外だろうと指摘し、先生は自分が知ってる団体があるからと続けた。

「前に世話になったことのある猫の保護団体があって…」

「頼めるのか!?」

「聞いてはみる」

は、のところを強調して言うと、先生はお兄さんに少し待つように言い、どすどす足音を立てて診察室へ行ってしまった。残された私とお兄さんは、ミャアミャア鳴いている子猫たちを覗《のぞ》き込む。

「…小さいですね」

「…ああ」

人間の赤ちゃんも小さくて驚くけど、元々身体が小さい猫は余計だ。鳴いてるってことはお腹が空《す》いてるんだろうか。お母さんがいたら…お乳をあげてくれるんだろうけど…。

子猫用のミルクっていうのはうちの病院にあるのかな…と考えていると、安藤さんが心配そうに私を見上げているのに気付いた。

安藤さんにはカウンターの上に置かれた段ボール箱の中は見えない。ミャアミャア聞こえるのが不思議なのかも。

「子猫ちゃんなんですよ。見せてあげたいんですが…先生に聞いてからにしますね」

子猫の入った箱はお兄さんの車の上に置かれていたようだが、それまでどういう環境下にあったのか分からない。安藤さんとの接触は、先生に診察して貰《もら》ってからの方がいいだろうと考えた。

安藤さんはちょっと残念そうな顔になって、でも、心配なのは変わりがないようで、お座りしたままでいる。子猫が四匹いて…と安藤さんに説明しかけた時、お兄さんが腕時計を見た。

時間を気にしている様子が気になり、用事でもあるのかと聞いてみようとすると。

「森下《もりした》さん……！」

「は……はい？」

「高遠に『すまん、頼む』って言っておいてくれ！」

「え……え……？」

「どーしても行かなきゃいけないところがあるんだ……！」

本当にすまない……と繰り返し、お兄さんは脱兎《だっと》の如く逃げて行った。逃げるなんて言い方はどうかと思うが、帰って行ったという感じでは決してなくて。

私が安藤さんと一緒に呆然《ぼうぜん》としていると、「おい」と言う先生の声が聞こえる。

「聞いてみたが、やっぱり……」

お兄さんに話しかけながら現れた先生は、カウンターの向こうにさっきまでいたお兄さんの姿が消えているのに気付き、仏頂面を激しく歪《ゆが》める。

「あいつは？」

「……ええと……用事があるみたいで……」

帰られました……と私が最後まで言う前に、先生は盛大に舌打ちして「あの野郎！」と吐き捨てる。逃げるように出て行ったと本当のことを言えば、火に油を注ぐだけなので口にはせず、ミルクボランティアさんは駄目だったのかと聞いた。

「ああ。皆、手が空いてないらしい」

「じゃ…この子たち、どうするんですか？」

ミャアミャア鳴いてる子猫たちはやっぱりお腹が空いてるようだ。この子たちがいつ、お母さんと別れたのか分からないけど、最後にお乳を飲んだのは随分前なんじゃないか。数時間おきに授乳が必要なのだとしたら、お腹が空いてるに違いない。

とにかく、ミルクをあげたい。このままじゃ、弱ってしまうんじゃと焦る私に、先生は大きく溜《た》め息を吐いて、取り敢《あ》えず、自分が世話をすると言った。

「先生が？」

「仕方ないだろ」

ふんと鼻先から息を吐き、先生は段ボール箱を診察室へ運んで行く。私は安藤さんと顔を見合わせ、その後に続いた。ひとまず、安藤さんは診察室の外で待ってて貰い、私だけ診察室へ入る。

「先生。何か手伝えることがあれば…」

「新しい段ボール箱に移したいから、これくらいの大きさの箱を探して来てくれ」

それくらいなら、お安い御用だ。頷いて診察室を出て、スタッフルームへ向かう。まとめて捨てようと思って溜めてあった段ボールから、子猫たちが入っていたのと同じくらいのものを探した。

それを組み立てる為のガムテープも一緒に持ち、診察室へ戻ると、手袋を嵌《は》めた先生が、茶色の子猫を持って診察していた。

「どうですか？」

「…体温も下がってないし、何とか大丈夫だろう。…ノミやダニなんかもついてないみたいだし…状態がいいから、家で産んだのを子猫だけ捨てたのかもな」

「そんな…」

偶々《たまたま》、捨てられていたのがお兄さんの車で、ここへ連れて来られたからよかったけど、処分ということになりかねなかった。可哀想だと思わないのかな…と憤りながら、先生の指示を仰いで組み立てた段ボール箱の中に毛布を敷く。

その間にも先生は四匹の診察を終えていて、全て新しい箱へ移した。それから、奥へ入って行き、子猫用のミルクと小さなおもちゃみたいなほ乳瓶を持って戻って来る。

「そんなの、あったんですか」

「…もしもの時用にな。動物病院だからって、子猫を捨てて行く奴がいるんだ」

「えっ？　病院の前とかにですか？」

「ああ。病院だけじゃなくて、トリマーとかでもあるみたいだぞ」

動物を扱ってる場所なら世話してくれるだろうと考える人が一定数いるらしく、動物園などでも捨て猫や捨て犬が見られるという。動物に携わる仕事をしてる人たちに対して、余りに失礼じゃないかと呆《あき》れてしまう。

けど、それを予測して準備してあったということは…先生は井関《いぜき》の時に経験済みなんだろう。なんてこと…と驚いていると、お湯を用意して来てくれと言われる。

急いで給湯スペースのあるスタッフルームへ向かい、電気ポットを持って診察室へ運んだ。先生はほ乳瓶にミルクを入れていて、それをお湯で温めようという考えらしかった。

「ボウル…みたいなのが要りますね」

「マグカップとかお椀《わん》でもいいぞ」

マグカップですね…と相槌《あいづち》を打ち、再び給湯スペースへ走って取りに行く。急いで戻ると、子猫を掴《つか》んだ先生が、排泄をさせていた。手際よく、四匹の様子を見ながら世話をする先生の横で、再沸騰させたお湯をポットからマグカップに注ぐ。

「先生。これにほ乳瓶を入れればいいですか？」

「ああ。人肌程度に温めてくれ」

「人肌…」

「手に出してみて熱くなければいい」

む…難しいな。悩みつつも、ほ乳瓶を温め、温度を調節する。大体このくらいかなという頃合いにして、先生にほ乳瓶を渡す。先生は手前にいた白黒の子を掴み、腹ばいの体勢で首の辺りを固定し、ほ乳瓶を口につけた。

「……飲んでます…ね？」

ミルクの匂いを感じたのか、子猫の方からほ乳瓶の先に食いつくようにして飲み始める。一心不乱に飲んでいた子猫の口からミルクが溢《あふ》れると、先生はほ乳瓶を外して、背中を軽く指先で叩《たた》いてゲップを出させる。そして、再び排泄《はいせつ》。

「記録を頼めるか。体重と、飲んだ量を言うから書いてくれ」

「ちょっと待って下さい」

先生から指示され、表を作って数字を書き込む。白黒ちゃんは…体重が二百七十グラムで、飲んだ量は十CCといった感じだ。他の子たちも同じように排泄と授乳をして、記録する。

そういう一連の流れは、先生だからなのか、すごくスムースで早かった。四匹全部の世話が終わると、ミャアミャアという鳴き声は聞こえなくなった。

「お腹いっぱいになって満足したんですね。しあわせそう…」

箱の中で四匹が寄り添い合って寝ている光景は、幸福そのもので、可愛いことこの上ない。思わずじっと見つめてしまう私をよそに、先生は子猫たちに目もくれることなく、ほ乳瓶を洗って消毒していた。

それから。

「これくらいの時は飲んでるか寝てるかのどっちかだからしばらく静かだろうが、お腹が空いたらまた鳴き出すぞ」

そう話しながら、子猫たちが入った段ボール箱を入院用の部屋へ移動させる。今は入院している子がいないので、一番大きなケージのところへ箱ごと入れて、上から毛布を被《かぶ》せ、温度計をつけた。

「エアコンついてますけど？」

「子猫だから少し高めにしておいてやらなきゃいけないんだ。本当は母猫が一緒に寝てる時期だしな。温度管理を適切にしてやらないと、低体温症になる」

そうか。身体もこんなに小さいし、あっという間に冷えてしまうんだろう。先生は私に説明しながら、入院する犬猫用に使う為のペットヒーターを用意した。それを段ボール箱の中へ入れて、子猫たちには直接触れないように位置を調節する。

「…これで取り敢えずいいだろう。また鳴き出したら授乳するかな」

「……。先生、起きてるんですか？」

タイミング的に深夜になるはずで、先生の睡眠時間が気になった。そもそも、高遠動物病院は患者さんが来たら夜中でも受け付ける、二十四時間診察を行っている。実際、夜中にやって来る患者さんは今のところ余りいないようではあるが、先生がどういうタイムスケジュールで寝起きしているのかは謎だ。

夜だから寝る…ってわけじゃないようなのは知ってるけど、子猫たちの為に睡眠時間を削られるのは大変そうだ。心配して見る私に、先生は小さく肩を竦《すく》める。

「あん……いや、うん。俺の心配は要らないから…それより、もう九時半だぞ」

先生がまた何か言いかけてやめたのが気になったけど、指摘されて見た時計が遅い時間を示しているのに驚く。夕方から続いていた患者さんが途切れたのが八時近くで、その頃、お兄さんが子猫たちを連れて来たので、こんな時間になってしまったのか。

「本当だ。安藤さんもお腹空いてると思いますし、私、帰りますね。…先生は本当に…」

「大丈夫だ。それより、早く帰って安藤さんに飯をやってくれ」

安藤さん第一の先生が親身に言うのに頷《うなず》き、診察室を出る。子猫たちの状態が分からなかったので、診察室へ入れなかった安藤さんは自分のベッドに戻っていた。

「安藤さん、お待たせしてすみませんでした。帰りましょう」

「安藤さん、悪かったな」

遊べなかった上に待たせたのを詫《わ》びて、先生は安藤さんにリードをつける。帰り支度をして一緒に外へ出ると、「気をつけてな」と見送ってくれた。

「先生。明日からは私も手伝います。先生が忙しい時には代わりに世話出来るようになるよう頑張りますから、教えて下さい」

「…おう」

お疲れ様でした…と挨拶《あいさつ》し、安藤さんと共に歩き始める。あの子たちが無事育ちますようにと願いながら、安藤さんも早く会えるといいですねえと話しかけた。

翌日は土曜で、三芳《みよし》さんが出勤しない日でもあるので、少し早めに家を出た。子猫たちのことが気になっていたせいもある。

「安藤さんも今日は見せて貰《もら》えますかね。子猫ちゃんたち、本当に小さいんです」

安藤さんは子猫って見たことあるんだろうか。安藤さんがお世話になっていた星さんの保護団体は、犬しか扱っていなかったはずなので、子犬を見る機会はあれど、子猫とは縁がなかったかもしれない。

「安藤さん。小さい猫さん、見たことありますか？」

足下を見て聞いてみると、安藤さんは「さあ」と首を傾げている（ように見える）。私も先生のところで働くまで、猫に触ったことすらなかったので、あんなに小さな猫は見るのも初めてだ。

以前運び込まれたハニちゃんも子猫だったけど、半年くらい経ってたようなので、自分でキャットフードを食べてたし、トイレもちゃんと出来た。子猫じゃないけど、姉が以前子犬を飼い始めた時だって、授乳が必要だという話は聞かなかった。

「まだ自分でミルクも飲めないくらいなんです。…先生、大丈夫ですかね…」

先生なら子猫の世話くらい、何でもないだろうけど、夜中に起きなきゃいけなかったりするのは大変だろう。今日から、私も出来るだけ手伝おうと思いながら病院へ着くと、待合に患者さんの姿はなく、しんとしていた。

「…診察もしてないみたいですね」

受付スペースへ入り、安藤さんのリードを外す。診察中なら何となく気配がするものだが、それもないので誰もいないようだ。荷物を置き、安藤さんと共に診察室へ向かうと、ガラス越しに無人であるのが分かった。

「あれ…先生もいませんね」

もしかして…寝てるのかな。廊下の先にある、先生が寝室にしている例の小部屋の方を見て、様子を見に行こうかと思ったが、寝ているのだとしたら邪魔しても悪い。起こすのは患者さんが来てからでいいだろう。そう判断して、診察室の掃除だけしておこうと思い、中へ入った。

すると。

「……」

奥の部屋から物音が聞こえる。入院用のケージが置いてある部屋には子猫たちがいる。もしかして…脱走？　そんなことを思い浮かべ、急いで覗《のぞ》きに行くと。

「…お、安藤さん！」

子猫に授乳中だった先生が、私と一緒に部屋を覗いた安藤さんを見て、嬉《うれ》しそうな声を上げる。安藤さんも入っていいですか？　と確認すると、大きく頷いた。

「でも、ちょっと待っててくれな。もうすぐ世話が終わるから」

先生は部屋の真ん中に置かれてる作業台の上へ子猫たちの入った段ボール箱を置き、授乳と排泄の世話をしている最中だった。白黒の子がほ乳瓶からミルクを飲んでいる。安藤さんは興味津々の様子だったが、邪魔するようなことはなく、「おおう！」と感動した顔付きで控えめに見ていた。

「どうでしたか？　やっぱり、夜中にも授乳を？」

「ああ。十二時と…四時かな」

「二回も？　先生、寝てないんじゃ…」

それじゃ十分に寝られなかったのでは…と心配する私に、先生は大丈夫だと返す。それよりも…と続けて、壁際に置かれた机の上にあるメモを見るように言う。

「昨夜、飲んだ分だ。まとめて記録しておいてくれ」

「わかり……」

深夜に授乳した量を書いておいたからと言う先生に、頷きながらメモを手に取ったのだけど。先生は悪筆過ぎて、数字さえ読むのが難しい。

その上。

「先生…。このいち…ごう…ってのは？」

「キジトラのでっかい方が一号で、小さい方が二号」

　首を傾げる私に、先生は箱を顎《あご》で指して教えてくれる。箱の中にはキジトラの子が二匹、茶色の子が一匹いて、そのキジトラの名前らしいのだが。

　一号と二号って…（雑すぎない？）。

「…じゃ、このトラオっていうのは…」

「茶色のやつだ。チャトラになるだろうからな」

「……てことは、まさか、オセロってのは…」

　恐る恐る聞いた私に、先生は微《かす》かに唇の端を上げ、自慢げにも見える顔付きで、授乳を終えた白黒の子を掲げてみせる。白と黒だから、…オセロ？

「……」

　先生にネーミングセンスがないのは、ハニちゃんの時に発覚している。ハニちゃんは先生が手に持っている子猫と同じ白黒模様で、頭の所の毛が八の字みたいに染め分かれている、いわゆる「ハチワレ」だった。

　だから、先生は「ハチ」と呼んでいたのだけど、ハニちゃんは女の子だったし、可愛い方がいいなと思って、私がハニちゃんと呼び始めたという経緯があった。

先生はそれを覚えていたみたいで。

「白黒だからオセロだぞ？　いいだろ？」

私に文句を言わせまいと、先生なりに考えた結果らしい。うまいこと言っただろって顔付きなんだけど、大喜利じゃあるまいし…。

微妙な気分で、棒読みで「そうですね」と相槌《あいづち》を打つと、先生は狼狽《うろた》える。

「何だよ？　気に入らないのか？」

「いえ、別に」

「別にってなんだ？　じゃ、ゼブラなら？」

「……」

猫に…シマウマ…？　先生の第二候補に啞然《あぜん》としていた私は、「ミャア」という鳴き声に気付き、はっとする。いけない。先生のネーミングセンスにケチをつけてる場合じゃなかった。

「先生、鳴いてますけど…他の子はミルクまだなんですか？」

「あとはトラオだけだ」

「じゃ、私があげてみてもいいですか？」

昼間は先生も診察が入って忙しいかもしれないし、そうでなくても、先生の負担を減らす為に私が手伝えるにこしたことはない。教えて欲しいと言う私に、先生は頷いて（その間にも白黒…いや、オセロの排泄《はいせつ》の世話を済ませていた）、手を洗うように指示する。

早速、処置室の手洗いで手を洗い、先生に教わってほ乳瓶にミルクを用意する。それから、箱の中にいる茶色の…トラオをそっと摑《つか》みあげて外へ出した。

「…小さ……」

私の掌《てのひら》に乗せてしまえるほど小さくて、軽い。昨日量った体重は二百グラムちょっとだったのだから当然だ。五百ミリリットルのペットボトルの半分以下の重さしかないのだから。

トラオを慎重に両手に乗せた私に、先生はまず排泄の世話からお手本をみせる。

「ミルクをやる前に…この脱脂綿で…こうやって…」

「あっ」

「なんだ？」

「そんなにぎゅっとしても大丈夫なんですか？」

先生がいきなりトラオを摑みあげる様子を見て、思わず声をあげてしまう。先生は決して乱暴っていうわけじゃないんだけど、自分が怖々触れていたせいもあって、不安になった。

「大丈夫だ。持たないと世話出来ないだろ？」

「…そうですね」

「で、ここをこうして……ぽんぽんすると、…おしっこがついてるよな。これがぴゅーっと飛んだりするから気をつけて…。で、次は腹ばいにして…俺は腕に乗せるんだが、安藤さんは無理だな。…じゃ、椅子に座って」

先生に言われるまま、作業台の横にあった椅子に座る。膝《ひざ》の上にタオルを置き、その上にトラオを乗せて首をそっと支えて持ち上げるようにする。

「そう、そう。あとは…ほ乳瓶の先を口へ近づけてやると…」

「……あ、飲んでます。飲んでますよね？　先生」

「ああ。うまいぞ」

ごくごくミルクを飲むトラオは必死で、すごく可愛い。たくさん飲んで、大きくなるんだよ…と心の中で声をかけながら、授乳を続けた。

「…もうよさそうだな。…口の周りをこれで拭《ふ》いてやってくれ。拭いた後はゲップさせて…」

背中をそっと撫《な》でてると、けふとトラオがゲップする。ミルクをあげ始めた時は、「早く早く」と焦ってる感じだったけど、今はお腹いっぱいで満足してるようだ。小さくても表情豊かで面白い。

「子猫って可愛いですねえ…」

「子犬も可愛いぞ」

「…先生、子犬の世話をしたこともあるんですか？」

仮にも獣医師である先生に対して愚問だったけど、思わず聞いてしまった私に、先生は頷《うなず》く。それから。

「うさぎも、ハムスターも、フェレットも、モモンガも、ハリネズミもある」

次々動物の名前が続いて驚いたけど、どれも小さな動物なのが意外だった。先生は大雑把…というか、少なくとも、床の上でも平気で眠れる人だから、もっと大きな動物を相手にしてるイメージを勝手に抱いていた。

牧場とか動物園とかで、大型動物を診たりしてる方が先生には似合いそうなのに。

「馬とか牛とか、そういうのはないんですか？」

「ない。俺は自分より大きくなる動物は苦手なんだ」

「どうして？」

「勝てない気がするから」

「……」

勝てないって…勝ち負けじゃない気がするけど、先生の言いたいことは何となく分かって、取り敢《あ》えず頷く。先生は私の膝にいたトラオを持ち上げ、げっぷが出て落ち着いたら、もう一度排泄をさせるのだと教えてくれる。

「おしっこと…うんちが出そうならさせて…」

さっきと同じような感じでおしっこをさせて、全体の様子を見てから箱へ戻す。先にミルクを飲み終わっていた三匹はぐっすり寝ていて、トラオもその仲間に入って、すぐに眠りについていた。

「分かったか？」

「はい…なんとか、たぶん、出来そうです」

心配がないわけじゃないけど、何とかなるだろう。いや、しないと。頑張りますと返した時、「おはようございます」と言う声が聞こえた。

先生と一緒に診察室の方を見ると、醍醐《だいご》さんが立っていた。医療着にジャンパーという格好で、夜勤帰りのように見える。

「おはようございます。醍醐さん…」

「おい、尚政《なおまさ》は…」

挨拶《あいさつ》をしかけた私を遮るように、先生が大きな声で醍醐さんに話しかける。昨夜、子猫たちを置いて逃げ帰ったお兄さんのことを先生は怒っていて、どういうつもりなんだと弟である醍醐さんを代わりに叱責《しっせき》しようとしたらしいのだが。

醍醐さんは事情を分かっているようで、先生に負けじと謝り返した。

「すみませんっ！　尚兄《なおにい》さんが迷惑かけたみたいで…っ…、これ、尚兄さんから差し入れです！」

醍醐さんが差し出した紙袋を先生が受け取ろうとしないので、私が代わりに貰《もら》って中を見る。子猫用のミルクやフード、ペットシーツやウェットティッシュなど、世話に必要な物資が色々入っていた。

「ありがとうございます。助かります」

「ふん。当たり前だろ。あいつが拾って来たんだぞ？」

八つ当たりしようとする先生を宥《なだ》め、醍醐さんに夜勤帰りなのかと聞いてみる。醍醐さんは帰りではなく、今から出勤なのだと答えた。

「昨夜、尚兄さんから連絡があって用意したのを持って来たんですけど…。…あの、それと、尚兄さんが、出張で一週間ほど海外へ行くので、よろしくと…」

「なにいっ⁉」

お兄さんが逃げ帰って行ったのは、その予定があったからなのか。完全に丸投げされた先生が怒るのはもっともだ。今度お兄さんがやって来たら怒鳴られるだろうなあと想像しながら、引きつり笑いを浮かべる。

そして、今、実際に八つ当たりで罵《ば》詈《り》雑《ぞう》言《ごん》を浴びせられそうな醍醐さんは。

「あっ…この子たちですか？　可愛いですねえ！　…二週齢くらいですか？」

話題転換をはかろうとしてか、箱の中の子猫たちを見て確認する。先生は仏頂面で頷き、子猫たちを醍醐さんに押しつけようとした。

「お前、持って帰れよ。尚政は無理でもお前なら面倒見られるだろ」

「俺は仕事がありますから…」

「俺だってあるぞ」

「先生は…自由が利くというか…。いや、でも、ボランティアさんとかに頼んでみたらどうでしょう。穂村《ほむら》さんに聞いて貰うとか」

「断られた。皆、手一杯なんだと。だから、お前が…」

「もうこんな時間!? じゃ、俺は…」

仕事があるので行きますと、逃げ帰って行く醍醐さんの姿が、昨夜のお兄さんに重なって見える。苦笑しながら見送りについて行き、「気をつけて」と声をかけた。

「ありがとうございます。また様子見に来ますけど…森下さんにも迷惑かけたら…すみません」

「いえ。先生に教えて貰ったんで、私も世話を頑張ってみます」

お願いします…とぺこぺこ頭を下げ、醍醐さんは帰って行く。弟って大変だなと同情しつつ診察室へ戻ると、先生が子猫たちの入った段ボール箱をケージの中へ入れていた。

「先生。ミルクはいつまであげるんですか？」

「二ヶ月くらいは続けた方がいいな。歯が生え始めたら離乳食を始めて…お腹の具合を見つつ、混合でやっていって、徐々に切り替えていく感じだな」

「歯はいつ生えるんですか？」

「大体、生後二十日くらいだ」

だとすると…今が二週とか言ってたから、あと一週間くらいで生えてくることになる。考えていたよりも早くて驚く私に、先生は四匹ともミルクをよく飲むし、体調も悪くなさそうだから心配は要らないはずだとつけ加えた。

子猫たちが大きくなって、自分でフードを食べるようになって、おしっこやうんちも自力で出来るようになれば、世話もかからなくなる。あと一、二週間のことなら、先生と手分けして何とか乗り切れるかな。

それに。

「かーわーいーいー!!」

うちには三芳さんという強力な味方もいる。月曜日。出勤して来た三芳さんは、既にメールで報告済みだった子猫たちを見て歓声を上げた。可愛い盛りの子猫が嫌いな動物看護師なんていないと思う。

「あー子猫って、なんでこんなに可愛いんだろ。天使だよね、天使」

「三芳さんでも？　犬派かと」

「子犬ももちろん可愛いんだよ。でも、なんか可愛さの種類が違うんだよねー」

子猫無敵…と鼻息荒く言いながらも、さすが三芳さん。ちゃんと授乳の時間や量を記録して、体重の増え方をチェックしてるかと聞く。

「先生に言われて書いてるよ。…これがその表で…」

「……トラオ…オセロ…は分かるけど、一号、二号って…どっちがどっち？」

「大きい方が一号で、小さい方が二号」

「ふうん。先生も成長したね。三号、四号にせずにまともな名前をつけるなんて」

「……!?」

三芳さんがまともと口にしたのが衝撃で、まじまじと見てしまう。私はトラオもオセロも如何《いかが》なものかと首を捻《ひね》ってたけど、三芳さんによれば、以前は全部番号で呼んでたと言う。

「患者さんで最初から名前がついてる子はいいんだけど、自分でつけるのは苦手みたいで。こういう捨て猫とかだと、一番二番三番とか番号付けしてたから」

「そう…なんだ」

「もしかして、トラオとオセロは日和《ひより》の案？」

違う違う…と首を振り、でも、私の影響はあるのかもしれないと密《ひそ》かに思う。ハニちゃんの名前を訂正されたのを先生なりに気にしてて、トラオとオセロに繋《つな》がったのかな…？

（一号と二号に関しては、共にキジトラで特徴が同じなだけに思いつかなかった…とか…）

「まあ、飼い主さんが見つかれば、そこでちゃんとした名前をつけて貰えるだろうから、いいんだけど」

「……」

三芳さんが何気なくつけ加えた一言は私が気にしていたもので、どきりとする。そうなのだ。この子たちをこのままうちの病院に置いておくわけにはいかない。ハニちゃんの時もそうだったけど、時機を見計らって飼ってくれる人を捜さなきゃいけないのだ。

「いつくらいから捜したらいいの？」

「今からでもいいと思うよ。渡すのは二回目のワクチンが終わった頃の方がいいだろうけど…だから…ええと、十二月半ば過ぎかな」

三芳さんによると、子猫は大抵、生後八週で一回目のワクチンを打ち、十二週で二回目のワクチンを打つという。一回目のワクチン後でも譲渡は可能だが、まだ小さいだろうし、体調面を考えても二回目を打った後の方がいいらしい。

「それに四匹きょうだいでいる間に、社会性も育まれるだろうしね。本当は二匹ずつとか貰ってくれる人が見つかるといいんだけど」

「そうだよね。寂しくないよね」

四匹一度は無理でも、二匹一緒なら、子猫たちも安心に違いない。三芳さんは心当たりに聞いてみると言い、私も捜そうと決めた。

しかし、捜すと言っても、私には猫を飼いたがってるような知り合いはいない。ＳＮＳで飼い主を募集するという手はあるが、面識のない相手に生き物を託すのは、色々と面倒や心配もある。

どうしようかなと悩んでいたところ。

子猫たちがやって来て、一週間。夕方からの勤務の為、安藤さんと病院に向かっていた時、背後から呼び止められた。

「日和」

声ですぐに将生《まさき》だと分かり、振り返る。将生はあずきちゃんを連れていて、安藤さんを見つけたあずきちゃんは前脚を挙げて大喜びしている。その様子は元気そうでほっとした。

お腹を壊したあずきちゃんが診察に来てから一週間余り。音沙汰《おとさた》なかったから、たぶん、大丈夫だったんだろうと思ってはいたんだけど。

「あずきちゃん、元気になった？」

真っ先にあずきちゃんの体調を聞く私に、将生はちょっと苦笑して頷《うなず》いた。

「あれからお腹も元通りになって、絶好調。薬もちゃんと飲ませたよ。ご飯に入れたら食べてくれた」

「よかった。どうだったかなって心配してたから」

他に調子の悪いところもなく、懸念していたマダニに噛《か》まれたことによる感染症の兆候も見られないという。先生の診察を受けないと分からないけど、調子がいいならワクチンも打てるかもしれない。

仲良く並んで歩くあずきちゃんと安藤さんに続いて病院に向かい、私が先にドアを開けた。すると、先生が受付まで出て来ていて、新しい患者さんの応対をしていた。

「お、安藤さん…」

病院に足を踏み入れた私と安藤さんを見て、先生は仏頂面を少し緩める（もちろん安藤さんが来たのが嬉《うれ》しかったに違いない）。けど、私たちの背後に将生がいるのを見て、すっと表情を戻した。

その顔に。単に患者さんの前だから自重したというんじゃなくて、もっと複雑な感情が交じっているように見えて、戸惑いを覚える。何だろう…この違和感は。

一瞬、そんなことを考えたけど、患者さんがいるのだから、私の仕事をしなきゃいけない。新しい患者さんは問診票を記入していたので、先生に「代わります」と伝え、急いで受付の中へ入る。先生は私からリードを預かり、安藤さんの前に屈《かが》んで挨拶《あいさつ》した。

「よしよし、いい子だな、安藤さんは。今、忙しいからまたあとでな」

「先生、あずきちゃん、調子いいみたいです」

「そうか」

あずきちゃんのお腹が治ったと聞いた先生は、ぱっと顔を輝かせて立ち上がる。私の後から院内へ入って来ていた将生に、順番に診察するので少し待ってくれと伝えた。

「診察してみて、ワクチンを打つか判断しますので」

「お願いします」

カウンターから身を乗り出し、将生の足下にいるあずきちゃんに「ちょっと待ってくれな」と声をかけ、先生は診察室へ向かう。私は問診票を書き終えた飼い主さんに幾つか質問した後、奥へ案内した。

「診察室へどうぞ。こちらです」

新しい患者さんは猫ちゃんで、キャリーバッグを持った飼い主さんを診察室へ通す。先生に対応を任せて受付へ戻ると、将生から診察券を受け取った。カルテを用意しながら、待合の椅子に座って待ってるよう勧めたが、将生はカウンターの前に立ち、声を潜めて聞いて来た。

「先生って幾つ？」

「確か…三十八とかだよ。どうして？」

「いや。こういう病院ってやっぱよそである程度キャリア積んでから開くのかなって。四十過ぎてるのかと思ったけど、まだ三十代なんだ」

先生は無愛想で仏頂面でぶっきらぼうなのもあって、貫禄《かんろく》があるように見えるから、私も最初は四十過ぎだと思っていた。将生は意外に若いなと呟《つぶや》いてから、質問を続ける。

「結婚は？」

「してないよ」

「バツイチとかでも…」

「ないと思う」

たぶん。先生が結婚していたという話は聞いたことがない。今まで耳にした話から考えると、超多忙な生活を送っていたようだから、結婚する暇はなかったんじゃないだろうか。

そんなことを考えて、以前、三芳さんとニコラちゃんと一緒に写っている写真を見つけて、誤解を抱いたのを思い出す。あの時、もしかして元カノ？ と思ったりもしたけど、先生にはニコラちゃんしか見えていないようで、肩すかしを食らったような気分になった。

「もう一人いる…茶髪の看護師さんは…」
「三芳さん？　三芳さんは結婚してて子供もいるよ」
聞かれたので答えながらも、なんでそんなこと聞くんだろうと不思議だった。将生って
そういうの、興味あるタイプだったっけ？
「ねえ…」
どうしてと理由を聞こうとした時、診察室から「おーい」と呼ぶ声がした。先生が補助
を求めているのが分かり、将生に待っててくれるよう頼んで、診察室へ向かう。
診察を受けていた猫ちゃんがご機嫌斜めで、飼い主さんの言うことは全く聞かず、さす
がの先生もあやすので手一杯の様子だった。保定袋に入れた猫ちゃんを抱いている先生か
ら指示を受け、薬剤を用意したり処置の手伝いをしたりする。
用が終わって受付に戻って間もなく、飼い主さんが出て来て、お世話になりましたと厚
く礼を言って帰って行かれた。それを見送り、将生に声をかけて受付横のドアを開けて入
って貰《もら》う。先に立って診察室を覗《のぞ》くと、先生は診察台の消毒を行っていた。
「先生。あずきちゃん、いいですか？」
「ああ、いいぞ」
私の問いかけに頷き、先生は入って来たあずきちゃんをしゃがんで出迎える。あずきち
ゃんは他の犬たちと同じく先生が大好きで、短い尻尾《しっぽ》をぶんぶん振って顔を舐《な》めようとす

る。あずきちゃんはおとなしい子だし、私の出番はないだろう。お願いします…と言って診察室へ戻ろうとしたところ。

「あ、あん……」

「……」

あん…どうさん、と本当は続けようとしたんだと思う。このところ、先生はいつもこうなのだ。何か？　と聞くような目で見ると、ごまかすみたいに早口で奥の部屋を見て欲しいと言う。

「さっき物音がしたから、起きてるかもしれない」

「分かりました」

先生に直接聞いたわけじゃないけど、先生は私を「安藤さん」と呼ばないようにしている気がする。その原因は…恐らく将生だ。「安藤さん」というのが犬の名前で、それで呼ばれているのはおかしくないかと、将生が私に話していたのを聞いていたのだろう。

先生は他人がとやかく言うのを気にするタイプじゃないと思っていたから、最初は偶然かなと思っていた。でも、一週間が経った今、絶対意識しているという確信を抱いている。

今までは日に何度も「安藤さん」と呼ばれて、犬の安藤さんを呼んでるのか、私を呼んでるのか、判別がつかない時もあって困ってたくらいだった。それが…「おーい」とか「なあ」とか、更には視線だけで訴えて来るとかもあって、これはおかしいんじゃないかと気付いたのだ。

「……」

私は別に「安藤さん」でいいんだけどなあ。心の中で溜《た》め息を吐いて、子猫たちのいる奥の部屋へ入る。子猫たちはすくすく成長し、一度に飲める量も少しずつ増えて来ている。四匹とも百グラム以上大きくなって、動きが活発になっているのだ。

先生は物音がしたと言ったけど、ケージに異変はない。ドアを開け、箱の中を覗くと、四匹とも起きていた。

「トラオ〜オセロ〜。一号、二号〜。お腹空《す》いてる？」

私の声を聞いて、四匹がミャアミャアと鳴き声を上げる。箱から出ようとしてか、かかり段ボールを引っ掻《か》いたりしている。この分だと箱から脱出っていうのも時間の問題なんだろうな。

四匹とも元気なのを確認し、先生にミルクをあげてもいいかと聞きに行った。あずきちゃんを診察していた先生は「頼む」と言い、その傍にいた将生が「ミルク？」と不思議そうに繰り返す。

「子猫がいるんだよ。知り合いが拾って来た」

「子猫？」

将生が猫好きだっていう話は聞いたことなかったけど、興味があるようで、診察が終わったら見せて欲しいと先生に頼んだ。先生は頷き、あずきちゃんにワクチンを注射すると告げる。

「調子も戻ったようですし、今日は狂犬病のワクチンを打ちます。その後、期間を空けて、混合ワクチンを」

「お願いします」

あずきちゃんがワクチンが打てる状態になっていたのにほっとしつつ、奥の部屋へ戻り、ミルクとトイレの準備を始める。最初は子猫の小ささに驚き、触れるのも怖々だったけど、この一週間ですっかり慣れた。私が慣れないと、診察がある先生一人で四匹の世話は無理だと痛切に思ったので、必死で頑張ったのだ。

ケージを開けて、子猫たちが入っている段ボール箱を作業台の上へ移動させると、一番必死に空腹を訴えていた一号を最初に取り出した。まずはおしっこさせてから、温めたほ乳瓶でミルクを与える。一号は四匹の中で身体が一番大きく、食欲も旺盛《おうせい》だ。

あっという間に一号がミルクを飲み終え、ゲップをさせようとしていたところへ、あずきちゃんを抱いた将生がやって来た。

「ちっさいなあ！　本当に子猫だ。これでどれくらい？」

「三週間くらい」

「そんな小さなほ乳瓶があるんだ？　すごいな」

次々尋ねてくる将生に答えながら、一号の世話を終えて、次にトラオを取り出す。全部で何匹いるのかと聞かれ、四匹と答える。

「全部、ここで飼うのか？」

「違うよ。貰い手を探してるとこ。…何？」

トラオにミルクをあげ始めると、将生がやけにじっと見ているのに気がついた。子猫が珍しいのかと思っていたら、意外なことを言い出す。

「…いや。日和が動物病院で働いてたのに…正直、びっくりしたんだ。けど…似合うなって」

似合うって…褒められてるのかな。どういう意味で言ってるのかは判断つかず、取り敢《あ》えず小さく笑い返した。

将生に見られながらトラオのミルクを終えて、ゲップをさせる。そのまま、排泄《はいせつ》をさせ始めると、将生は驚いた声をあげた。

「何してんだ？」

「何って…この子たち、まだ自分でおしっこやうんちが出来ないから、こうやって世話してあげないといけないんだよ」

「マジで？」

はーと感心し、将生は動物を飼うのって大変だよな…としみじみ呟いた。聞けば、彼女と同棲《どうせい》を始めてからまだ日が浅く、それまでと違って、いつでもいるとなると可愛いだけじゃ済まないのだと実感してるのだと言う。

「散歩とかご飯とか、トイレの始末とか…毎日だもんな。それに元気な時はいいんだけどさ。調子悪くなったら病院連れて行かなきゃいけないし」

「動物は自分で出来ないからね」

「ワクチンとか予防薬とかも…飼い主がちゃんとやってやらないといけないんだよな」

「元気で長く一緒にいる為には必要なことだから」

頑張ってね…と言う私に、将生は真面目な顔で頷《うなず》く。あずきちゃんの本当の飼い主である草野《くさの》さんにも、ワクチンとか予防薬は大事だと話して、定期的に受診することを決めたと言う。あずきちゃんにとっては、将生と草野さんが頼りの綱だ。よかったと思い、小さなトラオを箱へ戻した。

続けてオセロの世話をしようとしたところ、診察室から先生がやって来た。ワクチンを打ったあずきちゃんの様子を確認しに来たとのことで、その場で診察して、帰っても大丈夫だと将生に伝えた。

「戻ってから様子がおかしかったりしたら連絡を下さい。連れて来て貰っても構いません」

「分かりました。ありがとうございます」

「……全部、終わったか？」

将生に軽くお辞儀した後、先生は私に子猫の世話は終わったかと聞く。今、手にしているオセロが最後だと答えると、自分が代わってやると言ってくれたので、私は帰る将生とあずきちゃんを見送りに出た。

「大丈夫だと思うけど、ワクチン打った後、調子を崩す子っているんだよ。いつでも大丈夫だから、診察に来てね」

「この前もいつでも診てくれるっていうようなこと言ってたけど、先生ってここに住んでるのか？」

住んでる…とは言い難いけど、間違ってはいないので曖昧《あいまい》に頷く。物置みたいな小部屋で寝起きしてるとはとても話せない…。

将生は小さな病院のどこに住むような場所があるのか不思議そうだったけど、詳しくは聞かずに、いつでも診て貰えるのは安心だと言った。

「近いし、助かる。日和もいるし」

「大したこと出来ないけどね」

　三芳さんくらい、先生のことが補助出来るようになりたいと思ってるけど、道は長い感じだ。クビにならないよう頑張るよと軽い調子で言いながら、待合へ出るドアを開け、将生とあずきちゃんを先に通した。受付のベッドにいた安藤さんが起きて来たので、帰って行く将生たちと一緒に外へ出る。

「気をつけて」

「ありがとう。…日和」

「ん？」

「俺……」

　何か言いかけた将生はそのまま固まってしまい、続きを口にしなかった。何だろう？　何か気になることでもあったのかと思い、尋ねようとすると、将生が息を吐いて戸惑い気味に「あのさ」と続けた。

「…好きなのか？」

　唐突な質問の意味がすぐに分からず、目を丸くする。好きなのかって…誰を？　話が見えず、答えられない私に、将生はつけ加えた。

「先生のこと」

「……」

　何となくそうじゃないかと思ったけど（今の将生とは、他に共通の知り合いがいない）

つい先日、付き合っていないと否定したばかりだ。将生がどういうつもりなのか分からず、訝《いぶか》しげな顔になる。

「この前、付き合ってないって言ったよね？」

「でも…、好きなのかと思って」

「……」

付き合ってるのと、好きなのは…確かに別だけど。先生を好き？

先生を好き…？

「……」

何も言えず、困ってしまい、足下にいる安藤さんを見る。安藤さんも私を見上げていたので、目が合った。その顔は将生と同じく真剣で、「どうなんですか？」と聞いているように見える。

どう…なんだろう？

戸惑う私に、将生はそう考えた理由を続ける。

「この前、俺が日和には合わないんじゃないかって言った時、否定したろ。俺、ちょっと驚いて。日和って、俺と付き合ってた時はあんな風に否定したりすることなかったから」

「……」

それは…まだ子供だったのもある。二十歳は過ぎていたけど、自分が本当はどうしたいのかよく分かっていなくて、色んなことに流されがちだった。将生は初めて長く付き合った相手で、小さな疑問を追及するよりも、一緒にいたいという気持ちの方が大きかったから…。

つまり、若かったんだろうな。そんな風に結論づけつつ、自分で整理した答えを口にした。

「好きかどうかって聞かれたら…もちろん、好きだよ。先生はぶっきらぼうだけど、いい人だし、お世話になってるし…。先生が人間的にどうかって思うような人なら、ここで働いてないよ」

「俺が聞いてるのは雇い主としてどうかっていうんじゃなくて…。だって、三十も近くなって全く違う仕事を始めるのって、大変だろ。俺もまさか、日和が動物病院で働いてるなんて、思ってもいなかったし。けど、すごく頑張ってるみたいだから…それって、先生が好きだからかと思ったんだ」

「……」

確かに…先生あってこそなのは事実だ。働き始めたきっかけはとんでもない感じで、繁忙期だけの手伝いで終わるかもという考えもあった。でも、夏が過ぎて、秋になってもまだ働いてるのは…職場として居心地がいいだけでなくて、先生のお陰であるところが大きい。

お陰…っていうのもなんか違うな。先生は進んで何かしてくれるわけじゃない。どっちかというと世話を焼いてるのは私の方だ。気が利くわけでも、優しいわけでもない。

それでも、私が聞けば厭《いや》な顔なんかせずにちゃんと答えてくれて、協力もしてくれる。

高遠動物病院での仕事を続けていられるのは、先生が先生であるからだっていうのは、間違いない。

けど。

「……違う…と思う」

恋愛対象として先生を見てて、好きだから頑張れてるっていうのには違和感があった。

だって。私が先生を好き…？

いまいちぴんと来なくて首を捻《ひね》ると、何やら視線を感じた。ふと足下を見れば、安藤さんが私を見てたんだけど…。その顔は人間だったら溜《た》め息を吐きそうな感じで、私のことを嘆いているようだった。

え…？　私、何かやらかしました？

「…安藤さん…？」

それとも、気分でも悪いのかな。心配になって屈《かが》もうとすると、将生が「そっか」と呟《つぶや》いた。その顔には残念そうな表情が浮かんでいて、戸惑いを覚える。

なんで残念そうなわけ？　何を期待していたのか聞きたかったけど、あずきちゃんも待ちくたびれてるようだったので、そろそろ帰るという将生に気をつけてと返した。

将生とあずきちゃんの姿が小さくなると、気になっていた安藤さんの様子を見る為に、隣に屈んだ。「どうかしましたか？」と聞く私を、安藤さんは上目遣いで見てるけど、調子が悪い感じはしない。

何だろうな？　安藤さんが憂えている様子の理由は分からないまま、独り言みたいに話しかける。

「どう思います？　私が先生を好きなんて、ねえ…」

あり得ませんよねえ…と笑いながら同意を求めると、安藤さんは更に項垂《うなだ》れる…。何なんですか…その、溜め息吐いてるみたいな感じは。

安藤さんの様子を気にかけつつ、病院の中へ戻ろうとしたところ、「森下さん」と背後から呼ばれた。この声は。

「あ…こんばんは」

「先日はありがとうございました」

にこやかな笑みを浮かべて礼を言うお兄さんに首を傾げる。お兄さんにお礼を言われるようなことは…。

心当たりがある……！

「猫……！」

お兄さんが姿を見せるのは一週間振りだ。子猫の入った段ボール箱を置き逃げしていった事件以来である。思わず猫と叫んだ私を、お兄さんは苦笑しながら見て、神妙に詫《わ》びを口にした。

「森下さんにも迷惑をかけてすみませんでした。いやはや。まさか自分が猫を拾うような目に遭うとは。人生、何があるか分かりませんね。ところで、武政《たけまさ》は来ましたか？」

「ええ。翌日……」

「そうですか。それはよかった。必要そうなものを差し入れるように言っておきましたが、ボランティアさんに渡して貰《もら》えましたか？」

お兄さんが「ボランティアさん」と言うのを聞いて息を呑《の》む。そう言えば、お兄さんが子猫を拾って来た時、先生がミルクボランティアさんを捜してる途中で、逃げて……いや、帰って行ったんだった。

醍醐さんから聞いてるかと思ったけど、知らない様子のお兄さんに、困った気分で首を横に振った。

「いえ。それが……ボランティアさん、見つからなかったんですよ」

「えっ、じゃ猫は……」

「うちで面倒見てます」

主に先生と私で。そう聞いたお兄さんはさーっと顔を青ざめさせた。先生からの怒りを恐れてに違いない。力無い声で「そうですか…」と相槌《あいづち》を打ち、わざとらしく腕時計を見る。

「…それはそれは…、何というか、いや、まあ、猫たちにとってはよかったのかな…うん、かもな。…あっ、もうこんな時間か。じゃ、森下さん。高遠によろしく…」

「醍醐！」

再び、逃げ帰ろうとしたお兄さんは、突然病院から飛び出て来た先生に怒鳴られ、捕まった。野生の勘というか、鼻が利くというか。素晴らしいタイミングだ。

数時間おきに授乳が必要な、一番手間のかかる時期の子猫を四匹も置いて行かれたんだから、先生がお兄さんに激怒しているのも当然で。

「お前な！　どういうつもりなんだ！　自分で拾った癖に押しつけていきやがって…。しかも、電話の一本も寄越さず」

「いや、ボランティアさんを捜すようなことを言ってただろう。だから…」

「そうそう都合よくいくか！」

「あー悪かった悪かった、俺が全部悪かった。申し訳ない、大変大変、申し訳ない。すまなかった、本当に反省してる。…ところで、猫は元気なのか？」

先生とは中学からの腐れ縁だというお兄さんはその扱いも手慣れている。憤慨する先生を謝罪の嵐でごまかし、「奥にいるのか？」とか聞きながら、院内へ入って行く。

先生はお兄さんの背中にまだも文句を言いながら続き、私と安藤さんもその後ろを追いかけた。診察室から続いている入院用の部屋に入ると、子猫たちの入った段ボール箱はまだ作業台の上に置かれていた。

先生は憮然《ぶぜん》としながらも、さっき授乳を終えたばかりだから寝ているとお兄さんに説明して、箱の上部を覆っていた毛布を退ける。

「…大きくなったな？」

「そろそろ歯が生え始めて、離乳食を始める頃だ」

「そうか。こいつらもラッキーだったな。プロに世話して貰えるんだから」

「ふざけるな。お前が拾ったんだから、さっさと連れ帰れ」

「またまた。俺には授乳なんて無理だって分かってる癖に」

「だったら、フードに切り替わったら持ってけよ。このままうちに置いておくわけにはいかないからな」

「まさか！　動物を飼うなんて、俺には絶対無理だ」

ぶるぶる首を振り、子猫でなくても自分には生き物など飼えないと即座に否定するお兄さんを、先生は冷たい目で見る。子猫たちの貰い手は私と三芳さんも探そうとしているので、お兄さんにも協力して欲しいと頼んだ。

「猫を欲しいって言う人がいないか、知り合いに聞いてみて下さい。そう言えば、先生。三芳さんが出来れば二匹ずつで貰ってくれたら最高みたいな話をしてたんですけど…」

「そうだな。きょうだい猫だし、一緒にいた方が環境の変化にも早くなれるだろう」

「二匹いっぺんに飼うなんて。大変じゃないのか？」

「猫は多頭飼いしてる飼い主も多いんだ。犬と違って散歩は要らないし、世話も限られてる。相性がよければ猫同士で遊ぶからストレスも溜まらない」

「そういうものか。じゃ、二匹飼ってくれる人を二人見つければ万事解決だな」

「……」

そう都合よくいくものじゃないような…。先生はお兄さんを見る目を更に眇《すが》めて、だったらお前が捜して来いよと言い捨てる。自分の発言が軽率だったと気付いたお兄さんは慌てて、「ところで」と話題を変えた。

「飼いたいって人が見つかったらすぐに渡すのか？」

「子猫の世話に慣れてて信頼出来る相手が希望するならまあいいが、二度目のワクチンを打った後くらいが無難だろうな。十二月…半ば過ぎくらいか」

「なるほど。ここならワクチン接種も出来るしな」

「ただじゃないけどな」

いつもとは立場が逆転したようなやりとりを聞いて思わず笑ってしまう。ともかく、子猫たちが元気に育ってるのはいいことなのかな。お兄さんにこれは貸しだと繰り返す先生の声を聞きながら、子猫たちの箱を覗《のぞ》いて、元気に手を伸ばしてるオセロとハイタッチした。

週明け。出勤して来た三芳さんが、猫を欲しがってそうな心当たりに聞いてみたが、タイミング悪く違うところから迎える予定を立ててしまっていたと残念そうに言った。他を捜してみるとのことだったが、病院にも飼い主募集の貼り紙を作って掲示をしてみようと提案した。猫の飼い主さんには、猫好きの知り合いがいるかもしれない。

子猫たちが起きてる時に出来るだけ可愛く見える写真を撮って、飼い主募集の貼り紙を作った。出来上がったそれを待合室の壁と、商店街を利用する人にも見て貰えるよう、外にも貼ることにした。

「いい感じ。さすが、日和。こういうの作るの、上手だよね」

「うーん。でも、写真撮るのがね。いまいち…」

「いや。可愛いぞ」

腕組みをした先生が真面目な顔で言ってくれるのが有り難く、笑って礼を言う。三人で貼る場所や枚数を調整したりしていると、「こんにちは」という声が聞こえた。

振り返れば、キャリーバッグを持った小関《おぜき》さんが奥さんと一緒に立っていて、先生に向かって丁寧に頭を下げる。小関さんは交通事故に遭ってうちで手術したハニちゃんの飼い主になってくれた人で、キャリーバッグの中にはハニちゃんが入っているに違いなかった。

こんにちは…と挨拶《あいさつ》し、どうしたのかと尋ねる。

「それが…どうも便秘のようでして」

「私はもう少し様子見たらって言ったんですけど。何分、心配性なので」

「お前だっておかしいって何回も言ってたじゃないか」

取り繕うように横からつけ加える奥さんに、小関さんは呆《あき》れた目を向ける。先生は持っていた貼り紙を私に渡し、すぐに診ますと小関さんに言った。

「どうぞ、中へ」

「ありがとうございます。…それは？」

お礼を言った小関さんは、貼り紙が気になったらしく、私に尋ねる。猫の写真が印刷されているので、愛猫家としては見逃せなかったのだろう。

「知り合いが捨て猫を拾って、うちで保護してるんです。まだ小さいんですが、その子たちを貰ってくれる人を捜してまして…」

「小さいって、どれくらいなんですか？」

「もうすぐ四週…ですよね？　先生」

「ああ。あとでご覧になりますか？」

「ええ」

先生の問いかけに小関さんと奥さんは揃って頷《うなず》き、一緒に院内へ入って行く。私と三芳さんは残りの貼り紙を貼ってから、先生を手伝う為に急いで後に続いた。

ハニちゃんはやはり便秘で、整腸剤を処方され、フードも替えて様子を見ることになった。二回目のワクチンを打った後に去勢手術をしたハニちゃんは、しばらく見かけていなかったのだけど、すっかり大人の猫になって、しかも小関さん宅で大事にされているおかげで、つやつやだった。

「大きくなりましたね。ハニちゃん」

「そうか？　体重は…変わってないぞ。最近、子猫ばかり見てるせいじゃないのか」

それはあるかもしれないが…ここへ運ばれて来た時を思い出すとやっぱり随分違う。あんなに小さな子猫じゃなかったけど、まだ成猫ではなくて、野良だったからがりがりで警戒心も強く、シャーッと威嚇して来るので触るのも恐る恐るだった。

それが今は…。高そうな首輪を嵌《は》めて、貴族の令嬢風にさえ感じられる。私が撫《な》でても怒らない。よかったね…としみじみ思っていると、会計を終えた小関さんが「ところで」

と切り出した。

「子猫というのは……」

「あ、あちらです」

「こっちへ連れて来ていいぞ」

奥へ案内しようとしたところ、先生がそう言うので段ボール箱を取りに行った。ケージを開けて持ち出すと、三芳さんが消毒してシートを敷いてくれた診察台の上に置く。上に被《かぶ》せてある毛布を退《の》け、明るい光が入ると、子猫たちはもぞもぞ動き始める。それを見た小関さんと奥さんは、ぱっと顔を輝かせた。

「可愛い……！　小さいですねえ」

「……」

「ハニちゃんがうちに来た時はもっと大きかったから……この子たちだと、まだミルクとかなんですか？」

「歯が生え始めたので離乳食も開始しました」

奥さんはこんなに小さな子猫を見るのは初めてだと言い、可愛いと繰り返していたが、小関さんはじっと見ているだけで何も言わなかった。小関さんは先生みたいな仏頂面ではないけど、厳しい表情がデフォルトみたいな人なので、感情が読めない。

それでもハニちゃんに対する愛情は人一倍あって、猫が大好きだと知っているので、心の中では可愛いと思っているのだろうなと想像出来た。

四匹の名前を教えて、起きた子を奥さんに抱っこして貰ったりしてると、患者さんがやって来た。私は三芳さんに子猫たちを任せて、急いで受付へ戻り、応対する。間もなく、小関さんたちはハニちゃんと共に帰って行き、新たな患者さんを診察室へ案内した。

「安藤さんもハニちゃんに会えてよかったですね」

ベッドにいる安藤さんに話しかけて、受付の机に置いてある飼い主募集の貼り紙を見る。これを見て声をかけてくれる人がいればいいんだけど。

誰もいなかったら…次は先生から保護猫の団体さんに相談して貰《もら》おうか。小関さんみたいに大切にしてくれる飼い主さんに、四匹ともが出会えるといいんだけどな。


そんな願いはすぐにはかなわず、一週間が経っても貼り紙に対する反応はなかった。貰ってくれるという知り合いも見つからず、病院だけじゃなく、商店街の他のお店でも貼らせて貰えるよう頼みに行こうかと話していたところ。

「こんにちは…あ、あずきちゃん」

病院のドアが開き、挨拶しかけたところ、入って来たのは将生とあずきちゃんなのに気付いた。わふわふご機嫌で入って来たあずきちゃんは元気そうだけど、体調を崩したのかと心配になる。

「どうかした？　確か…次は二週間後って言われてなかった？」

「そうなんだけど…表の貼り紙って、この前の猫？」

猫について聞く将生は、あずきちゃんの診察の為に来たわけではなさそうだ。頷いて、貰い手を捜す為に作ったのだと説明する。

「色々聞いてみてるんだけど、見つからなくて。病院に来る患者さんとかで貰ってくれる人がいたらと思って作ったの」

「そっか。二、三日前に見かけて気になってたんだ。ちょっと時間が出来たから散歩ついでに寄ってみたんだけど」

あずきちゃんの具合が悪くなったわけじゃないんだとほっとしつつ、同時に、将生が立ち寄った理由が分からず、怪訝《けげん》に思う。もしかして、猫を欲しい知り合いに心当たりがあるとか？

そんな考えが浮かび、期待した私に、将生は想定外のことを言い出した。

「もし、見つからなかったら…俺、飼うよ」

「え？」

「全部は無理だけど、一匹なら」

真面目な顔の将生を、私はまじまじと見てしまう。将生から猫を好きだとか飼いたいとかって話は一度も聞いた覚えがない。彼女が連れて来たとは言え、将生があずきちゃんの面倒をまめにみてるのだって、意外だったのに。

私が知らなかっただけなのかな。驚きを隠しつつ、以前から飼いたかったのかと聞いてみる。

「将生が猫好きだって知らなかった。飼いたかったの？」

「特にそういうわけじゃないいんだけど…。猫は実家で飼ってたから、世話の仕方とか分かるし、大丈夫だよ」

「……」

特にそういうわけじゃない…と言うのが引っかかって、微《かす》かに表情が硬くなる。飼いたいわけじゃないのに、自分が飼うと言いにきたのは…どうしてなのか。

理由が読めずに戸惑う私に、将生は心配しなくても大丈夫だと告げる。

「猫は犬みたいに散歩はいらないからそんなに手間かからないだろ。病院にもちゃんと連れて来るつもりだから」

「でも…」

猫が欲しかったわけでも、子猫たちを見て可愛かったからってわけでもなく、飼うと申し出たのは。解せないまま理由を考えていた私は、もしかして…と閃《ひらめ》いた。

将生が猫を飼おうとしてるのは…。

頭に浮かんだ考えを口にしようとした時、病院のドアが開き、「こんにちは」と挨拶する女性の声が聞こえた。将生が前にいたのでドアの方が見えず、少し身体を動かすと、小学生くらいの女の子とお母さんらしき二人連れがドアを開けて立っているのが見えた。

そのお母さんの方に見覚えがあり、「あ」と声を上げる。

「こんにちは……！」

確かに知ってるけど、名前は知らない相手。マンションのエントランスでよく出会《でくわ》す女性だ。私が挨拶すると、女性はほっとした表情を浮かべ、女の子と一緒に入って来る。

その子は彼女の娘さんらしく、顔立ちがよく似ていた。動物病院に勤めていることは話したが、彼女がペットを飼っているという話は聞かなかった。

「よかった。やっぱりこちらで働いてたんですね。歩いて行けるところだって言ってらしたから、たぶんそうだろうなって思ったんですけど」

「そう言えば病院名は言ってなかったですよね。…どうしました？」

二人がペットを連れてる気配はなく、診察に来た様子はない。まさか私に用が？　首を傾げていると、女性が「表の」と切り出した。

「猫ちゃんって、もう飼い主決まりましたか？」

「……」

「!!」

ちょうど猫の話をしていたところだったのもあって、将生も一緒に息を呑《の》んだ。決まってないんです…と食いつき気味に答えて、もしかしてと期待を抱いて女性を見る。女性は私の返事に笑みを浮かべ、娘さんと「よかった」と言い合う。

「娘がここの貼り紙を見かけて。以前から猫を飼いたいと話していたので、もし、決まってないなら見せて貰おうと思って、来たんです」

「是非、是非！」

一週間が経っても反応がなく、貼り紙を増やそうかと考えていたところだったので、すごく嬉《うれ》しかった。思わず興奮する私に驚いたのか、安藤さんが立ち上がって隣に来る。それをカウンター越しに見た女性が、「あ」と嬉しそうに声をあげた。

「安藤さんだ。こんにちは。本当に一緒に働いてるのね。いい子ね」

女性とは朝の出勤時に会うことがほとんどなのだが、安藤さんを見るといつもにっこりして声をかけてくれる。こんな人が貰ってくれるなら…最高だ。

ちょっと待って下さいと頼み、ついでに将生にも待ってくれるように言って、診察室へ急ぐ。ドアを開け、「先生」と呼ぶと、パソコンのキーボードを打っていた先生は、私を見ずに「いいぞ」と言った。

「患者さんじゃなくて、猫です！」

「猫？」

「子猫を貰いたいって方が…！」

「…！」

子猫の飼い主捜しは先生も気にしていて、私の話を聞いて「本当か？」と血相を変える。大きく頷き、急いでパソコンを閉じて診察室から出て来た先生は、私と一緒に受付へ戻る。

そこには女性と娘さんだけでなく、将生とあずきちゃんもいて、先生はすっと表情を厳しくして将生に話しかけた。

「どうしました？　あずきの調子が？」

「いえ、俺は…」

「先生、あずきちゃんは診察に来たわけじゃないので、先に猫の方を…」

将生も猫を飼いたい…というのとはちょっと違うと思うのだけど…と言っているというのはひとまず保留にして、女性を先生に紹介した。けど、問題があって。

「私と同じマンションにお住まいの方なんです。ええと…」

「及川《おいかわ》です」

初めましてと頭を下げる女性と一緒に、娘さんの方も「陽葵《ひまり》です」と名乗る。それで女性の名前が分かり、「及川さんです」とつけ加えた。

先生は軽く頭を下げ、いつものぶっきらぼうな感じで「どうぞ」とだけ言って、さっさと奥へ入って行く。私もすかさずいつものフォロー…ぶっきらぼうでも動物思いで腕は確かなんです…っていうのを入れつつ、二人を診察室へ案内した。将生とあずきちゃんにも一緒に来て貰い、更に安藤さんもついて来たので、大移動となった。

先に診察室へ入っていた先生は、早速、奥の部屋のケージから子猫たちを連れて来た。子猫たちは大分大きくなっていたので、もう段ボール箱は卒業し、ケージの中で過ごしている。二匹ずつを両腕に抱いて来て、診察台の上に乗せると、及川さんと陽葵ちゃんが「可愛い！」と歓声をあげた。

「小さい！　可愛い、お母さん、可愛いね！」

「ね、可愛いね」

「抱っこしても大丈夫ですよ。どうぞ」

隙あらば逃げようとする子猫たちをブロックしながら、先生が勧めるのに頷《うなず》き、及川さんと陽葵ちゃんは一号と二号をそれぞれ抱っこした。迷わず、一号と二号を選んだのには理由があったようで。

「キジトラの子が飼いたくて…二匹とも可愛いですね。大きさが…こっちの子の方が大きいのかな」

「そうですね。拾われて来た時から違ってて…でも、小さい子も元気ですし、体重差も大分縮まって来ました」

「この子たちは…ワクチンとかは終わってるんですか？」

「まだです。今、ミルクから離乳食への切り替えを進めてるところで…出来れば、二回目のワクチンまでうちで過ごして貰って、それから引き渡しの方がいいかと」

「そうですね。その方が安心です。二回目のワクチンというのはいつくらいに？」

「順調にいけば…十二月二十日頃に」

先生から聞いた日付を、及川さんは陽葵ちゃんと確認しあい、腕に抱いてる子猫を見る。

陽葵ちゃんは今からでも連れ帰りたいという顔付きで、及川さんはそれを微笑んで見て、先生に「お願いします」と告げた。

「この子たちを引き取らせて下さい」

「え…たちって…二匹ともですか？」

「はい。どちらかなんて選べませんから」

「本当？　本当に？　お母さん、いいの？」

「猫って、きょうだいで飼った方が寂しくないし、いいんだよ。四匹全部は無理だけど、二匹なら」

大丈夫だと思う…と言う及川さんは、かつて猫を飼った経験があるという。きょうだいで貰ってくれる人がいれば…と話していたので、本当に有り難く、先生も礼を言った。

「ありがとうございます。こちらも助かります」

「じゃ、十二月に迎えられるよう、準備を進めますので。よろしくお願いします」

「何か分からないことがあったらいつでも聞きに来て下さい。それまでの間、様子を見たかったら来て頂いても構いませんし」

「本当ですか？」

先生の言葉に喜んだのは陽葵ちゃんで、また来てもいいか、及川さんに尋ねる。及川さんは苦笑しつつ、迷惑にならないならと答えた。

そんな様子を見るにつけ、よかったという気持ちが深まる。足下にいる安藤さんも嬉しそうな顔をしていて、よかったですねえ…と心の中で話しかけた。

その隣にいる将生も。

「よかったな」

あずきちゃんと一緒に喜んでくれるのに頷いて応え、帰る及川さんたちを見送りに出た。猫を見に来るのならば私がいる時の方がいいだろうと思い、私の出勤日を伝える。一人で来てもいいかと聞く陽葵ちゃんにもちろんと答えた。

「先生一人だと忙しくて無理な時もあるけど、私がいる時なら大丈夫だよ」

「ありがとうございます。よろしくお願いします」

「こちらこそ。また…マンションで」

そう。及川さんとは帰る場所が一緒なのだから、いつでも会えるのだ。部屋番号を聞いて、お気をつけてと安藤さんと共に挨拶《あいさつ》すると、診察室へ戻った。将生とあずきちゃんはまだ診察室にいて、私が入ろうとした時、将生が話している声が聞こえた。

「…なので、世話の仕方とか、一応分かってるんで。飼ってみようかと思うんです」

「…！」

まさか、先生に直接申し出るなんて。将生には後でそれとなくやめるよう言おうとしていただけに、困ってしまった。将生が飼うと言ってくれるのは有り難いけど、及川さん親子とは動機が違うと感じていた。

猫が飼いたかったから。好きだから。将生が猫を飼おうとしているのは、そういう理由じゃない気がする。

そんな私の気持ちを伝えようとして、診察室に入ってすぐに先生へ訴えるような視線を送ったけど、先生は私を見ていなかった。そもそも、先生にはアイコンタクトなんて通じない。口に出して言わなきゃいけないと思っても、この曖昧《あいまい》な感覚をどうやって説明したらいいか分からない。

将生が猫を飼おうとしてるのは、私の為のような気がしている。将生は私に対して負い目を感じてるかもしれなくて…。

言葉を探す私をよそに、先生は将生をじっと見て尋ねた。

「有り難い話なんですが……この前、あずきと暮らし始めてまだ日が浅いような話をしてませんでしたか？」

「そうですね。一緒に暮らしてからは二ヶ月くらいです」

「だったら…あずきの為に、今、子猫を迎えるのは控えた方がいいと思います。生活環境が変わった戸惑いもあると思いますし、猫を飼うにしても、もう少し期間を空けてやって下さい。しばらくはあずきのことだけを見てやった方がいいです」

それがあずきちゃんの為だと言う先生は、仏頂面なのもあって怒っているようにも感じられた。将生は戸惑った表情を浮かべ、「分かりました」と引き下がる。それから私の方を見て、何とも言えない顔付きで肩を竦《すく》めた。

ごめん…と謝ってるようだったけど、私としては先生がはっきり断ってくれて助かった。

先生は屈《かが》んであずきちゃんの様子を見て、調子はいいのかと将生に聞く。

「あ…はい。狂犬病のワクチンを打った日も、いつも通りで…今度は違うワクチンなんですよね？」

「はい。混合ワクチンを打ちたいので、連れて来て下さい」

「分かりました。お願いします」

嬉しそうなあずきちゃんを一頻《ひとしき》り可愛がった後、先生は「またな」と言って送り出した。私はあずきちゃんを連れた将生と一緒に診察室を出て、「ありがとうね」と声をかけた。

「いや。役に立てなくて、ごめん」

将生はやっぱりすまなそうに謝って、その顔を見て確信する。もしかしてさ…と聞きながら、待合の方へ出るドアを開けた。

「猫を貰《もら》ってくれようとしたのって…私の為？」

「……」

窺《うかが》うように聞いた私を、将生はどきりとした顔で見て、しばし間を空けてから頷いた。

昔、付き合ってた相手だからとか、私のことがまだ好きだからとかなんて理由じゃないはずだ。私は苦笑して、気にしなくてもいいのだと伝える。

「私は元気だし、毎日、楽しくやってるよ」

「……」

私たちの別れ方はよくないものだった。将生だけが内定を貰って、私は落ちてしまった後、随分落ち込んだ私を将生は慰めようとしてくれたけど、受け入れられなかった。

ぐちゃぐちゃになった関係にけりをつけた後、私はずっと慌ただしくて…就活も卒制も、それからの会社生活も…正直、将生とのことを引きずる余裕はなかった。

この前、再会するまで、思い出したことも数えるほどだったし、完全に過去の人だった。でも、将生は…私と会って、自分だけ希望していた会社に就職したっていう負い目を思い出したのかもしれない。

更に、私が就職した会社が倒産して、全く無縁の仕事をしてることを気の毒にも思ったかもしれなくて。

だから、先生のことが好きかとか聞いたのかな。好きでしてる仕事なら、よかったと思えるから？

先生が好きかどうかは別として、今の暮らしが予想外に順調なのは確かだ。

「私も自分が動物病院で働くなんて想像したこともなかったけど、意外にあってるんじゃないかって思えてる。もうちょっと役に立てるよう、勉強しなきゃいけないけどね」

「…日和なら大丈夫だよ」

励ましてくれる将生に笑みを返し、あずきちゃんに「また来てね」と挨拶する。本当は病院だから、またなんて言葉は使っちゃいけないんだけど。

「でも…猫の貰い手、見つかるのか？」

「及川さんが二匹貰ってくれることになったし、あと二匹だから、何とかなるよ。貼り紙だって、これから見てくれる人もいるだろうから」

「まあ…そうだな」

「それにどうしても見つからなかったら、保護団体さんに相談してみる」

まだ打つ手はあると言う私に頷き、将生はいよいよ困ったとなったら、本当に自分が飼うから教えて欲しいと言った。その時は私にも先生への口添えを頼むとつけ加える将生に頷き、病院の出入り口から見送った。

将生はずっと私に対する後悔の念を抱いていたんだろうか。思わぬ再会をして、厭《いや》な思い出もあれこれ浮かんだけど、将生に苛立《いらだ》ったり、疎ましく思うような気持ちは出て来なかった。そりゃ、当時は羨《うらや》んだりもしたけど、もう昔の話だ。

そう思えるのも、今に満足出来てるからかな。そんなことを考えながら受付に戻ると、安藤さんが神妙な顔でお座りしていて、息を呑《の》んだ。

「…？　安藤さん？　どうしたんですか？」

いつもはベッドで寝てるし、起きてるなら一緒に見送りに出て来たりするのに。出入り口まで出て来なかったので、寝ているのだとばかり思っていた。

「何かあった…」

心配になって安藤さんに話しかけようとして、何やら気配を感じた。ん？　背後から……見られてる…？

怪訝《けげん》に思い、振り返ってみると。

「……！」

先生が壁の横から半身だけ出して、私と安藤さんの方を見ていた。もしかして、安藤さんは先生が見えていて、こんな態度を？　思わず息を呑んで目を見開く私に、先生はカルテを差し出す。

「…これ。頼む」

「は…はい」

　頷いておずおず受け取ったけど、先生の気まずそうな顔付きが気になった。将生との会話を聞いていたんだろうか…。

　先生に確認することは出来ず、無言でいると、先生は身を翻して診察室へ戻って行こうとする。患者さんがいない時は必ず安藤さんと遊びたがる先生が、安藤さんに声さえかけないのは変だ。

　やっぱり…。

「先生…！」

　発作的に呼び止めてしまった私を、先生はゆっくり振り返って見る。仏頂面に「なんだ？」と書かれていて、何か言わなきゃと思うのに言葉が出て来ない。

　ええと…どうしよう。迷う私をしばし見た後、先生は小さく息を吐いて、その場に屈《かが》んで安藤さんを呼んだ。

「安藤さん。よしよし。賢いなあ、安藤さんは」

「……」

　安藤さんを可愛がっていた先生は、珍しく躊躇《ためら》うような言い方で「悪かった」と謝った。

　先生に謝られる覚えがなくて、「え？」と聞き返す私を見ないまま、先生は続ける。

「猫のこと。断って」

つまり、子猫を飼いたいという将生の申し出を断ったのを、悪かったと詫《わ》びているのかと理解し、驚く。なんで、先生がそんなことで謝るわけ？

「何言ってるんですか。先生の言うことはもっともで…私も、断ろうと思ってて…だから…」

「あん……いや、……の為だとは知らなかったんだ」

「……」

あん…って、また「安藤さん」と言いかけたのをやめましたよね？　もごもご名前のところをごまかして、先生が続けた言葉を聞き、将生とのやりとりを耳にしたのだと確信する。恐らく、私にカルテを渡そうとして追いかけようとしたところ、話が聞こえたのだろう。

私の為かと聞かれた将生は頷《うなず》いて認めた。先生がそれをどう解釈しているか分からず、誤解はされたくなくて、説明する。

「将生とは…ちょっと気まずい感じで別れたので…、それで…私の為になればと思ったみたいなんです。…と言っても、その…まだ気持ちがあるとか、そういうんじゃないですから。向こうは彼女と同棲《どうせい》もしてますし…、その…事情が…」

あって…と言いながらも、ちゃんと説明しないとおかしな誤解をされそうだと心配になった。

深く息を吸い、先生の反応を見つつ、将生との経緯をつけ加える。

「将生とは大学が同じで…就職したいって考えてた企業に一緒にインターンに行ったりして…それがきっかけでつき合い始めたんです。でも…その企業に将生は採用されたのに、私は不採用で…それでうまくいかなくなって…」

別れたのだと告白すると、先生は神妙な顔付きで「そうだったのか」と相槌《あいづち》を打った。

もっと無関心な感じの態度を取られるかと思っていたので、意外だった。

その上。

「大変だったんだな」

同情するような台詞《せりふ》を口にするので、驚いた。目を丸くする私を見た先生は、心外そうに眉《まゆ》を顰《ひそ》める。だって。人の気持ちなんてお構いなしみたいに見える先生がそんなこと言うなんて。

けど、それは私の偏見だったらしい。

「俺も就活は苦労したから、分かる」

「先生も就活したんですか？」

「当たり前だろ」

先生と就活って余りにもそぐわなくて、咄嗟《とっさ》に聞いてしまったが、確かにそうだ。先生も以前働いていた井関アニマルクリニックへ、「就職」したのだから。

「臨床を希望してもペーペーがいきなり開業なんか出来ないから、どっかでキャリアを積まなきゃいけないんだ。俺は東京へ戻って来たかったから、こっちで就職先を探したんだが、獣医は勤務医として働ける病院が限られてるんで色々大変だった」

先生は淡々と言うけど、先生みたいな人が言う「大変」って、相当だったんじゃないだろうかと戦《おのの》いてしまう。獣医師が勤務医として働ける場所が少ないのは今もだと聞くけど、先生が就職した頃はもっとだったのかもしれない。

更に、先生は就職活動などには全く不向きな性格だ。だからこそ、井関を辞めた後、開業することになった。私も就活には苦戦したけど、比べものにならないかもなと思っていると、先生が真面目な顔で続けた。

「俺からすれば、よく気がつくし、しっかりしてるし、誰にでも親切だし…何処でも役に立てると思うのにな。それに、ああいうのは相性みたいなものだから、気にしなくていい。俺は…本当に……今でもうちで働いてくれてるのに感謝してるんだ。最初はどさくさに紛れて頼み込んだ感じだったけど」

「……」

えっと声に出しそうになった驚きを飲み込み、口元を手で押さえて先生を凝視する。しゃがんでいる先生は安藤さんを撫《な》でながら見つめていて、私の方は見ていなかった。

話し方もぼそぼそしたもので、独り言みたいだったけど…。それでも、私のことを言ってるに違いなくて。

今でもうちで働いてくれてるのに感謝してる…って…？　先生が私に…？

「病院が何とか軌道に乗ったのも、仲本《なかもと》が来てくれたのも、あん……のお陰だと思ってるから」

あん…ってのは、「安藤さん」って言おうとしたんですね？　気になりつつも、それよりも先生から聞けた言葉が温かくて、嬉《うれ》し過ぎて、うっと胸が詰まった。

私のお陰とか、先生がそんなこと、言ってくれるなんて。

「先生……」

ありがとうございます…とお礼を言うべきなのか。でも、何か違う気がして、言葉を探す。なんて言えばいい？　何か言わないと…というもどかしい気持ちは「こんばんは」と言う声に消された。

「…！」

しゃがんでいる先生に向かって話しかけていたので、出入り口の方が見えていなかった。

患者さんだと思い、はっとして顔を向ければ小関さんの姿があった。

「あ…こんばんは」

仕事帰りなのか、小関さんはスーツ姿で、丁寧にお辞儀する。小関さんの顔を見た瞬間、ハニちゃんの調子が？　と身構えたけれど、キャリーバッグは持っていない。

「どうしました？」

「先生は…」

「ここです」

私の後ろからすっくと立ち上がった先生を見て、小関さんは小さく息を呑む。そんなところに？　と言いたげな顔で頭を下げ、「実は」と切り出した。

「昨夜、家に帰ってから家内と話し合ったのですが…、先生のところで保護されている子猫の一匹を譲っては頂けませんでしょうか？」

「…!!」

「！」

なんと！　まさかの申し出に私も先生も驚いて言葉が出なかった。昨日、子猫を見ていた小関さんと奥さんは、その可愛さに夢中になっているようではあったけど…。交通事故で怪我をして入院していたハニちゃんを小関さんが引き取ってくれただけでも有り難かったのに、もう一匹…なんて。

先生もどう言っていいか分からないようで、沈黙している私たちに、小関さんは真面目な顔付きで理由を述べる。

「ハニちゃんは野良だったことが影響してるのかどうか分かりませんが、他の猫が恋しい様子なんです。遊び相手が私たちしかいないのも物足りないようでして。もう一匹猫を迎えた方がいいだろうかと考えていたところだったので、先生が子猫を保護されたのはチャンスだと思いまして」

そうだったんだ。タイミングよかったってこと？　小関さんなら猫への愛情も深い、ちゃんとした人だって分かってるし、嬉しい限りなんだけど。

先生は小関さんの話に頷き、「ただ」とつけ加えた。

「猫は相性がありますので、トライアルしてみてから決めて頂いた方がいいと思います。キジトラ二匹は貰《もら》い手が決まりましたので、残りの二匹を一匹ずつ試してみて、ハニと相性がよければ…というのはどうでしょう」

「構いません。ありがとうございます」

先生の提案に小関さんは深く頷き、表情を明るくする。小関さんが貰ってくれることになれば、子猫にとっても幸運に違いない。

「家内も喜びます。昨日、子猫を見てからというもの、可愛かったねと何度も繰り返してまして…。以前の猫の時はそうでもなかったのですが、ハニちゃんを迎えてから猫好きになったようでして」

自分に懐いてるっていう話を嬉しそうにしていた奥さんを思い出し、「よかったですね」と相槌を打つ。早速、家に帰って奥さんに伝えると言う小関さんを、先生と安藤さんも一緒に外まで見送りに出た。

「二回目のワクチンが十二月二十日頃になるかと思いますので、それからトライアルをお願いします」

「はい。それまでの間、また子猫を見に来てもいいでしょうか」

「もちろんです。よろしくお願いします」

先生と一緒に私も頭を下げ、奥さんやハニちゃんによろしくと伝えて、帰って行く小関さんを送る。貼り紙を作っても反応が全然なくて、どうしようと悩んでいたのが嘘みたいだ。一日で、三匹も貰い手が決まるなんて。

「よかったですね。これであと一匹です」

「ハニとうまくいけばな」

及川さん宅にはキジトラの一号と二号が貰われていくから、残るはオセロとトラオで、両方おとなしい子だから、きっと大丈夫だ。ハニちゃんと同じ白黒のオセロはどうかな。どっちにしても、残るは一匹だから、希望はある。

「貼り紙の効果もまだ期待出来ますし…。あんなに可愛いんですから」

「そうだな。まあ、どうしても見つからなかったら…」

見つからなかったら?…さっきの流れもあって、まさか、将生に…という考えが頭を過《よ》ぎったのだが。

先生は。

「ここで飼ってもいい」

「…！」

え…本当に？　本当に…そんなことが？　「いいんですか？」と聞く私の声は上擦ってたようで、先生は微《かす》かに戸惑いを浮かべる。

「貰い手が見つからなかったらの話だ。あんど…いや、その…」

「あの！　この前から気になってるんですけど」

話の腰を折ってしまうけど、いい機会だから聞いておこう。先生が私を「安藤さん」と呼ばなくなった理由について。

「先生が『安藤さん』って呼ばなくなったのは、将生のせいですか？」

「……」

尋ねる私をじっと見て、先生は沈黙する。やっぱりそうなのか。先生が人の言うことを気にするタイプとは思わなかった。だったらちゃんとした名前を覚えてくれれば…と思うことも、もうなくて。

「私は『安藤さん』って呼ばれるの、気になりませんから。ややこしいなって思う時はありますけど、厭《いや》じゃありません」

犬の名前で呼ばれるなんて…と将生は言ってたし、私も最初は怪訝《けげん》に思ったりもしたけど、実を言うと、今は逆に気に入っている。

先生が「安藤さん」と呼ぶ声はいつも嬉しそうな響きで、私に対して使う時も同じように感じられるから。

「だから、『安藤さん』でいいですからね」

「……」

念を押すように言う私に、先生は何も言わなかった。いつもの仏頂面だけど、怒ってるわけじゃないのは分かってる。沈黙は気にせず、「話が逸《そ》れましたけど」と言って、話題を切り替えた。

「じゃ、貰い手が見つからなかったら、うちで飼ってもいいってことですね？」

「……。何だか嬉しそうだな」

「え…だって…」

本心ではいい飼い主さんに巡り会って欲しいとは思ってる。及川さんや小関さんみたいな、大切にしてくれそうな飼い主さんのところで、しあわせに過ごしてくれたら、それが一番だ。

けど、同時に。あんなに小さな時から授乳して育てて来た子猫が、一匹でも残ってくれたら…なんて、気持ちもちょっとだけある。

「全部いなくなっちゃったら寂しいなとか…」

「捨て猫なんて、また舞い込むぞ」

「…それは…歓迎しないんですけど」

猫が…猫だけでなく、全ての動物が…人間の勝手な都合で遺棄とかされることなく、しあわせに暮らせるのが一番だ。皆が健やかに過ごせたら。

ねえ、安藤さん。先生の足下にいる安藤さんを見て、心の中で話しかける。安藤さんは
「全くです」と深く頷《うなず》いてくれてるようで、笑みが生まれる。中へ入りましょうか…と声をかけ、安藤さんを連れて、ドアを開けようとした時だ。

「日和」

「……」

背後から呼ばれて、心臓が止まるかと思うほどの衝撃を受けた。

日和って…？

「……!?」

今、先生が「日和」って呼んだ!?

「!?」

聞き間違い？　いやいや、確かに「日和」って聞こえたんですけど？

目を見開いて振り返り、先生を見ると、いつもの仏頂面で聞かれる。

「…って、呼んでもいいか？」

「……」

「……!!」

とんでもない！　と声には出せないまま、思い切り首を横に振った。頭が取れるんじゃないかって勢いで振ったせいでくらくらする。先生が…先生が…日和って…、呼んでもいいかって…。

驚愕《きょうがく》の余韻で頭が真っ白なままの私の横を通り、先生は先に中へ入って行く。ドアが閉まると、途端に力が抜けてその場に座り込んだ。

そんな私を心配して、覗《のぞ》き込んで来る安藤さんにしがみつき訴える。

「…安藤さん……」

どうしましょう…。名前で呼ばれたくらいで、心臓ばくばくなんて。どうしたらいいですか～と問いかける私を、安藤さんは困った顔で見て、溜《た》め息を吐いた気がした。どうしてですか？　安藤さん！

「厭なら……」

エピローグ

麗《うら》らかに晴れ、頬に当たる薫風が心地よい五月の佳《よ》き日。小春《こはる》さまの支度が出来るのを待っていたわたくしは、「安藤《あんどう》さん」とお呼びになる声を聞き、ゆっくり起き上がった。

「お待たせ。そろそろ出かけようか。ねえ、裕太《ゆうた》くん、安藤さんのリードって……」

「ここだよ。よし、安藤さん。行こうか」

はい。わたくしも準備万端でございます。本日はお世話をおかけしますが、よろしくお願いします。

わたくしにリードをつけて下さる長野《ながの》さんに心の中で礼を言いつつ、頭を下げる（そうは見えないかもしれないのだが）。わたくしを連れて先に部屋の外へ出た長野さんは、小春さまを気遣い、腕を大きく伸ばしてドアを支えた。

「小春ちゃん、気をつけて。荷物は俺が持つから」

「軽いから大丈夫よ。裕太くんは安藤さんをお願い」

「いやいや。万が一ってことがあるから」

長野さんがいつも以上に心配されるのには理由がある。小春さまは現在、お腹にお子を宿していらっしゃるのだ。来月末には生まれる予定で、そのお腹はぽっこり膨らんでいる。それでも小春さまは小柄な上、細身でいらっしゃるから、ゆったりとしたワンピースをお召しになっている今日は、ほとんど目立たない。淡いブルーのワンピースは、今日の為に新調された可愛らしいものだ。

「晴れてよかったわね。海が見えるところだから、きっと素敵よ」

「けど、安藤さんも入れる、いい会場が見つかってよかったよ。さすが小春ちゃん」

「でしょ？　もう、私が探さなかったら、絶対何もやらなかったわよ。あの二人」

「日和《ひより》ちゃん、淡泊だしな。先生はもっとだろうし」

そうなの！　と同意する小春さまは憤慨されているようで、わたくしもこの件に関しては、小春さまに諸手《もろて》を挙げて賛成したい立場であるから、後部座席でうんうんと深く頷いていた。

今日という日があるのは、全て小春さまのお陰なのだ。

「一生に一度のことなんだから、絶対、やっておかないと。後から写真だけ撮るとかも出来るけど、二十代の写真はもう撮れないって説得するの、大変だったのよ。滑り込みセーフで二十代で結婚出来たっていう感覚も、ひよちゃんは全くないんだから」

「だろうねえ。日和ちゃんはそういうの、ないと思うよ」

困ったものだと嘆く小春さまに、長野さんは苦笑して相槌《あいづち》を打つ。小春さまが日和さまを説得されていた現場に、わたくしも同席していたが、確かにお二人の価値観には大きな隔りがあるようだった。姉妹であっても、小春さまと日和さまは対照的であることが多い。身長も生活スタイルも、結婚への考え方も。似ているのは、穏やかで明るく、暢気《のんき》という性格くらいだろうか。

「ドレス選びだって…お姉ちゃんのいいのでいいよとかって。先生のタキシードだって、結局、私が選んだのよ」

「でも、その方がよかったんじゃないかな。小春ちゃんの趣味は確かだから。俺のだって小春ちゃんが選んでくれただろ？」

「そりゃ、裕太くんに似合うものは私が一番よく分かってるから…」

運転席の長野さんに向かって微笑まれた小春さまは、途中で「そうだ！」と声を上げて後ろを振り返る。後部座席に座っているわたくしを見て、にっこり笑って仰《おっしゃ》った。

「安藤さんにも用意してあるから、安心してね」

用意…でございますか。はて…（ちょっと厭な予感がしますね…）。

まあ、何にせよ、無事にこの日を迎えられた上に、晴天に恵まれて、本当によかったと思う。長野さんの海外赴任を機に、わたくしが日和さまと暮らし始めたあの頃。こんな日が来ようとは、予想もしなかった。

本日、日和さまと高遠《たかとお》先生は、結婚式を挙げられるのである。

縁は異なもの味なもの。昔からのことわざにもあるように、全く、男女の縁とはどこでどう結ばれるか分からないものだ。

いやいや。日和さまと高遠先生の場合、わたくしはかなり早い段階で…小春さまの影響もあったのだが…うまくいけばいいのにと願っていた。しかし、お似合いであるのに、どうも鈍いお二人が結ばれることはもしかするとないのではないかと憂えていた。

しかし、先生が日和さまを「日和」と呼び始めてから、とんとん拍子で関係が変わっていったのだ。わたくしが「もしや…」と怪しみ始めた頃には、すっかりそうなっていたのだから、仰天させられた。

そして、日和さまが高遠動物病院で働き始めて一年が経とうとしていた頃。大きな転機が訪れた。

「でも、本当によかったのかな。新居は新しく借りた方が…」

「いいのよ。病院が何とか軌道に乗ったと言っても、借金はまだまだあるのよ。先生なんか病院に住んでたくらいなんだから。私たちだって、あそこに住まないなら誰かに貸さなきゃいけなかったわけだし、二人が部屋を借りてくれたら、助かるじゃない」

インドネシアという外国へ長野さんが転勤になったことで、わたくしは日和さまと暮らし始めた。それも二年という赴任期間の間だけ…という約束であったが、春を前に長野さんに予定外に帰国の辞令が下りた。

既に身籠《みご》もっておられた小春さまは、元々、出産の為に春には一人で帰国される予定だった。それが長野さんと帰国出来ることになり、よかったと思ったのも束の間、長野さんの新しい勤務先は仙台《せんだい》だと分かり、問題が発生した。

仙台というのは宮城県という東北の地にある街らしい。わたくしはもちろんどんなところなのか分からないが、日和さまによれば新幹線ならば一時間半ほどで行けるようだ。外国よりはうんと近く、安心だという話だった。

しかし、小春さまと長野さんはまたしても東京のマンションには住めなくなってしまったのだ。そこで、小春さまが日和さまに、先生と一緒に住んで家賃を払ってくれないかと大胆な提案をされたのである。

「それに、安藤さんだって同じ場所で暮らせるんだから安心でしょ」

「小春ちゃんはそれを一番に考えたんだろ」

「分かる？」

安藤さんが大事だから。ねえ…と振り返って仰る小春さまに、深々と頭を下げる（…のつもり）。小春さま、本当にありがとうございます…。

小春さまから日和さまへの提案には、先生との同棲《どうせい》だけでなく、わたくしも一緒にそのまま暮らして欲しいという内容が含まれていた。本当は日本に帰国するのだから、わたくしと暮らしたいのだが、引っ越しを伴うし、自身は出産も控えている。ならば、日和さまと高遠先生と、同じマンションで暮らした方がいいと仰った小春さまに、わたくしは心から感謝した。

小春さまと長野さんと暮らしたいという気持ちはもちろんあったが、同時に日和さまと高遠先生のおそばを離れたくないという思いも強かった。特に、わたくしを大事にして下さっている高遠先生が、悲しむ姿も見たくなかった。

そして、その提案をきっかけに。

「何よりも、一緒に住むなら結婚したいって、先生の方からひよちゃんに言ってくれたのが最高だったわよね」

その通りです、小春さま。あの時、わたくしは現場におりましたが、日和さまと一緒に驚き、喜び、そして、そして、涙しましたとも…。

そして、お二人は同棲なさると同時に、入籍された。披露宴はもちろん、結婚式もなくて、ただ先生が引っ越しただけ…しかも、荷物はほとんどない…で、淡々と暮らし始めたお二人にクレームをつけたのが小春さまである。

せめて、結婚式を！　ウェディングドレスを着なきゃ！

小春さまの熱い説得が功を奏し、晴れて今日の日を迎えたわけなのである（感涙）。

先生はもちろん、日和さまも病院が忙しいのもあって、結婚式の計画はほとんど小春さまが練られた。ドレスは何でもいいと興味なさげな日和さまだったが、会場については譲れないことがあると仰った。

それはわたくしや五右衛門《ごえもん》さんが一緒に参加出来る会場でないと…というリクエストで、その為、小春さまはあちこちを当たられた。そして、犬同伴ＯＫの、海が望めるレストランでのガーデンウェディングパーティというプランを見つけられたのだ。

結婚式前日。仙台からいらした小春さまの希望によって、わたくしは犬も一緒に泊まれるホテルに、お二人と宿泊した。そこから結婚式の会場であるレストランへは車で十五分ほどで、間もなくして着いた駐車場で、ご家族でいらした三芳《みよし》さん（もちろん、五右衛門さんも一緒だ）に出会った。

「あ、安藤さん！　お姉さん、いいお天気になってよかったですね！」

「ワウワウワウ！」（安藤さんか！　安藤さんじゃないか！　安藤さん！）

（こんにちは、五右衛門さん。今日もお達者で、大変結構ですね）

帰国された小春さまは三芳さんと会ってすぐ、意気投合されて、すっかり仲良くなられた。三芳さんには茉衣愛《まいあ》ちゃんというお嬢さんがいるので、母親として先輩である三芳さんを、頼られてもいる。

わたくしが五右衛門さんに挨拶《あいさつ》している間に、お二人も挨拶を交わされ、早速、日和さまの話題になった。

「日和はもう中にいるんですよね？」

「だと思うわ。私も一緒にと思ったんだけど、着付けだけなんだから必要ないって言われて。それより、茉衣愛ちゃんのドレス、可愛いわね！」

「ありがとうございます。やったね、茉衣愛。褒められたよ！」

わたくしが最初にお会いした時、茉衣愛さんはまだ歩みが覚束《おぼつか》ず、ベビーカーに乗ってらしたが、今では走ることも出来るほど成長された。生成り色の半袖《はんそで》ワンピースをお召しになった茉衣愛さんは、わたくしを見つけるとたたたと駆け寄っていらっしゃる。

「あんどさん！」

（おはようございます、茉衣愛さん。あ…そんな…、ぎゅっとされては…お衣装が…）

「ワウワウワウ！」（茉衣愛ちゃんは相変わらず、安藤さんが好きだのう。ははは！）

賑《にぎ》やかに話しながら、打ち合わせに来たことがある小春さまに続いて、皆でぞろぞろと建物を目指す。入り口にはスタッフの方がいて、日和さまと先生は既に到着されて準備中だとお教え下さった。

「控え室はこちらになります。新婦さまのお部屋はあちらで…用意はそろそろ出来てると思いますよ」

そう聞いて、小春さまと三芳さんはわたくしを連れ、新婦…つまり日和さまだ…の部屋へ向かわれた。小春さまがドアをノックすると、日和さまの声で「はい」といらえがある。

「…ひよちゃん！　似合ってるわよ！」

「綺麗《きれい》～。やっぱ日和は背が高いから映えるよね～」

ドアを開けた途端、小春さまと三芳さんの歓声が響く。わたくしはお二人に視界が遮られ、すぐには見えなかったのだが…。

ひょいと横へ抜け出して拝見した日和さまは、純白のドレスをすらりと着こなしていらっしゃった。そのお姿は今まで見たことがないくらいお美しく、言葉を忘れて見惚《みと》れてしまう（いえ、元々言葉のない犬なのですが）。

おお、なんと…お綺麗な…！　日和さま…！

「なんか…ちょっと恥ずかしいんだけど。背中とかもすごいあいてるでしょ？」

「いやいや、綺麗だから。見せた方がいいから」

「シンプルなドレスだからこそ、縦のラインが際だって…モデルさんみたいよ。ひよちゃん」

「そんなことは…あ、安藤さん…！　昨夜は慣れないところで眠れましたか？」

褒《たた》め称える小春さまに苦笑を返されていた日和さまは、わたくしがいるのに気付かれてお尋ねになる。ご心配ありがとうございます。お陰様でぐっすり。

そうお応えするわたくしの前に屈《かが》まれようとした日和さまは、途中で動きを止めて呻《うめ》かれた。

「う……。ごめんなさい、安藤さん…。この服…自由に動けなくて…」

「ドレスだもの。当然じゃない」

「早く普通の服に戻りたいんだけど…。ご飯の時は着替えてもいいんだよね？」

上等なドレスをお召しになって、まるでお姫様のようであるのに、日和さまは窮屈だから早く脱ぎたいと仰る。いけませんよ、日和さま。そういうお姿の時は言動も慎ましやかにしなくては。

しかし、日和さまらしい言葉でもあり、それを聞いた三芳さんは呆《あき》れ顔で肩を竦《すく》めた。

「日和がこれじゃ、先生はどうなってんだろうね」

確かに…先生は日和さま以上に自由な方でいらっしゃいますし…。先生も同じようにおめかしなさっているのであれば…さぞ…。

そんな想像をした時、わたくしたちが入って来たのとは反対側のドアが開いた。ノックもなしに無遠慮に開けられたドアから姿を見せたのは。

「お。仲本《なかもと》と姉さん。来てたのか」

「まあ、お似合いです！　先生！」

「先生～！　やだ、意外に格好いいですよ？」

「意外は余計だろ」

小春さまと三芳さんが揃って歓声をあげたのも無理はないほど、先生は普段の先生とはがらりと違っていた。ちゃんと髪も切り、ひげも剃《そ》り…タキシードに身を包んだ先生は、日和さまの隣に立たれても全く遜色《そんしょく》はない。

日和さまはともかく、先生に関しては普段が普段だけに、正直不安が拭《ぬぐ》えなかった。立派なお姿にほっとし、お似合いですよ…と心の中から呼びかけていると、先生がわたくしに気付かれた。

「安藤さん！　安藤さん、よしよし。寂しくなかったか？」

「先生。汚しちゃだめですからね。借り物なんですから」

「分かってるって。安藤さんは大丈夫だよな。いい子だからな。賢いしな！」

え…ええ、たぶん…わたくしは綺麗にして頂いておりますが、何分犬ですので…。あ、先生。そのように派手に撫《な》で回しては…毛が…。

はらはらしながら先生にわしゃわしゃとされていると、スタッフさんの声が聞こえた。用意が整ったので、ゲストは庭に出て欲しいと言われ、三芳さんと小春さまと共に控え室を辞そうとすると。

「あ、そうだ。安藤さんもお着替えしないと！」

ふいに小春さまが声を上げ、肩にかけていた鞄《かばん》から何やら包みを取り出される。お着替え…という言葉に、少々厭《いや》な予感は抱いていたのだが…。

「…これでよし。どう？　似合うでしょ？」

小春さまは取り出されたものをわたくしに装着し、日和さまたちに自慢げに披露される。

お車で用意したと仰《おっしゃ》っていたのはこれだったのですね…。

わたくしの首元を飾る蝶《ちょう》ネクタイを見て、日和さまも先生も三芳さんも、揃って「似合う！」と叫ばれた。

「格好いいぞ、安藤さん！　お揃いだな！」

「ゴエも蝶ネクタイにすればよかった〜。これ、いいですね！」

「安藤さん、素敵ですよ」

そ…そうですか？　微笑んで褒めて下さる日和さまは、いつもと随分違うので、思わず照れてしまうのですが。先生とお揃いというのはいいものですね。

わたくしの犬生、波瀾万丈《はらんばんじょう》であったが、こうして蝶ネクタイをつけて結婚式などという晴れの席に出席させて頂ける日が来ようとは、思ってもいなかった。大変、光栄であり、日和さま、高遠先生を始めとした皆様に、心から感謝するしかない。

これからもお役に立てる機会を窺《うかが》いながら、高遠動物病院の片隅で、毎日昼寝に邁進《まいしん》する所存であります。犬として。

お便りはこちらまで

〒一〇二―八一七七
富士見L文庫編集部　気付
谷崎　泉（様）宛
ねぎしきょうこ（様）宛

富士見Ｌ文庫

高遠《たかとお》動物《どうぶつ》病院《びょういん》へようこそ！3

谷崎《たにざき》 泉《いずみ》

2020年10月15日　初版発行
2023年９月５日　３版発行

発行者　山下直久
発　行　株式会社 KADOKAWA
〒102-8177　東京都千代田区富士見2-13-3
電話　0570-002-301（ナビダイヤル）

印刷所　株式会社 KADOKAWA
製本所　株式会社 KADOKAWA
装丁者　西村弘美

定価はカバーに表示してあります。　◆◇◇

●お問い合わせ
https://www.kadokawa.co.jp/（「お問い合わせ」へお進みください）
※内容によっては、お答えできない場合があります。
※サポートは日本国内のみとさせていただきます。
※Japanese text only

ISBN 978-4-04-073719-5 C0193